U0045598
加速世界
05 星影浮橋
川原 礫
插畫 / HIMA

「對了小春，我們來運動吧。」
「啥……啥!?運、運動……？要在哪裡……做什麼……？」
有田春雪
校內地位金字塔最底層的少年
千百合
春雪的青梅竹馬

「Pa……Pa、Pard小姐!?
妳、妳妳妳為什麼會在這這這這裡!?」
Silver Crow
春雪的對戰虛擬角色
「跟你來這裡的理由一樣。」
Blood Leopard
紅色軍團
『日珥』旗下的
超頻連線者

「不好意思，我就恭敬不如從命囉？」
黑雪公主
『黑之王』
駕馭Black Lotus
梅鄉國中學生會副會長
「不，不不不要緊的！
我家的大人
今天都不不不不不會回來！」

「……唔、唔唔……嗯。」
「!?」

Ash Roller
綠色軍團
『長城』旗下的
超頻連線者
「Hey、Hey、Hey!」
「好～衝啊——!!」
Lime Bell
千百合的對戰虛擬角色
「我會全力取勝。」
Sky Raker
新加入黑色軍團『黑暗星雲』的
對戰虛擬角色

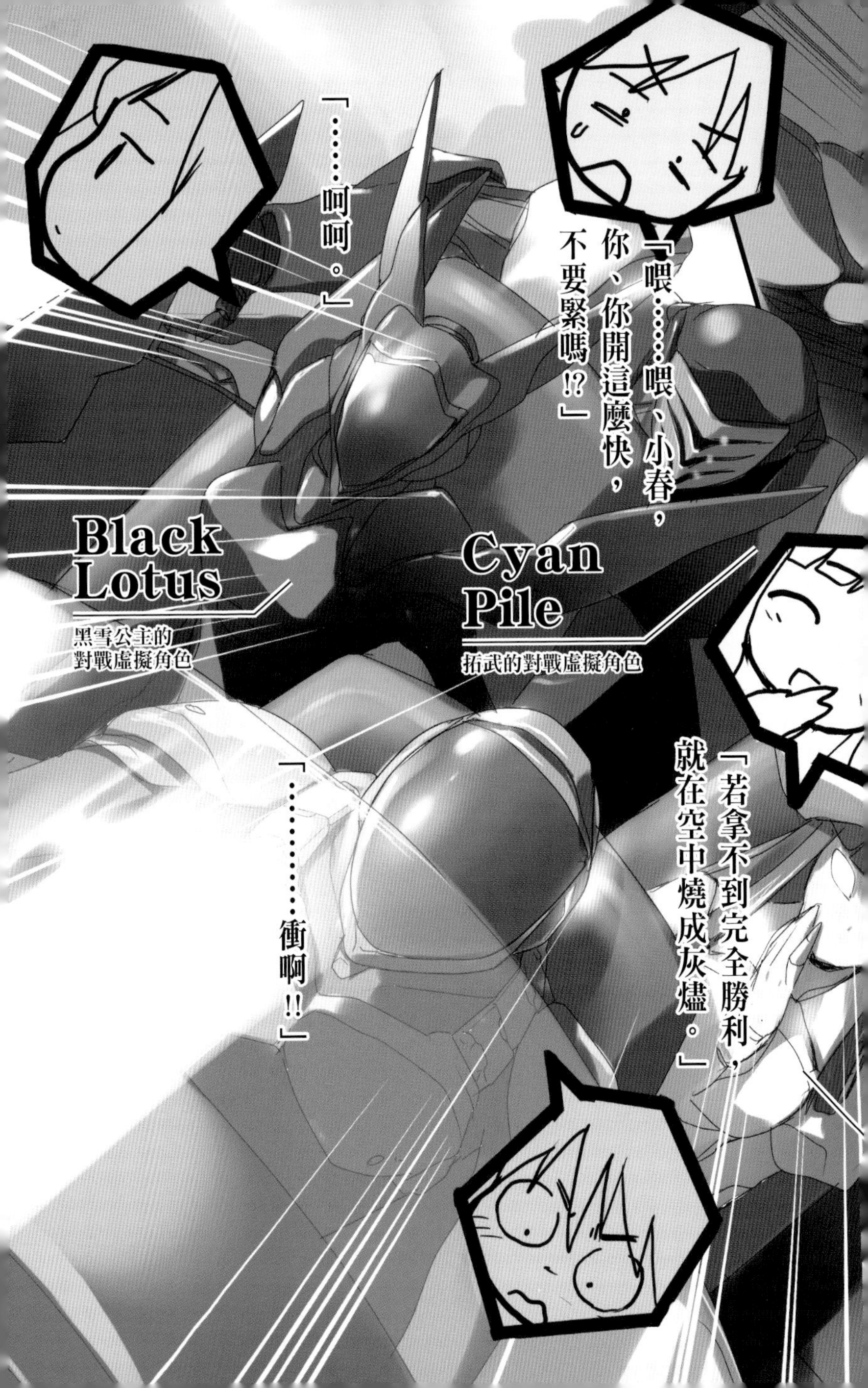

『喂……喂、小春，你、你開這麼快，不要緊嗎!?』
「……呵呵。」
Black Lotus
黑雪公主的對戰虛擬角色
Cyan Pile
拓武的對戰虛擬角色
「若拿不到完全勝利，就在空中燒成灰燼。」
「……………衝啊!!」

將「加速世界」瓜分為七塊的「軍團」是什麼——？

「BRAIN BURST」正式名稱為「BRAIN BURST 2039」，是一套神秘的遊戲軟體，於七年前由一名神秘的製作者釋出，已更新過數次。總數估計約一千人的玩家，在遊戲中將成為「對戰虛擬角色」，為了登上遊戲頂點——10級而展開激烈的對戰。

「軍團」是由多名對戰虛擬角色組成的集團，目的在於擴大佔領區域及確保利權，與其他網路遊戲中常見的「公會」或「小隊」可說是同類組織。

目前遊戲中共有七個主要軍團，分別由「純色七王」擔任軍團長，例如由黑雪公主「Black Lotus」擔任軍團長的黑色軍團「黑暗星雲」、由仁子「Scarlet Rain」擔任軍團長的紅色軍團「日珥」等。春雪的「Silver Crow」與拓武的「Cyan Pile」都隸屬於「黑暗星雲」。

「領土」——軍團的所屬區域，支配權取決於每週六傍晚固定舉行的「領土戰爭時間」。這種對戰不問等級，由雙方派出相同人數進行團體戰，平均勝率達到百分之五十以上，系統便會給予該領域的支配權。在己方軍團支配下的領土中，成員都能獲得特權，即使將神經連結裝置連上全球網路，也可以拒絕「對戰」。

加速世界

Accel World

05 星影浮橋

川原 礫

插畫 / HIMA

■黑雪公主＝梅鄉國中的學生會副會長，是個清純又聰慧的千金小姐，真實身分無人知曉。校內虛擬角色為自創程式「黑鳳蝶」，對戰虛擬角色為「黑之王」＝「Black Lotus」（等級９）。

■春雪＝有田春雪。梅鄉國中一年級生，體型略胖，遭人霸凌。對遊戲很拿手，但個性內向。校內虛擬角色為「粉紅豬」，對戰虛擬角色為「Silver Crow」（等級５）。

■千百合＝倉嶋千百合。跟春雪從小就認識，是個愛管閒事又活力充沛的少女。校內虛擬角色為「銀色的貓」，對戰虛擬角色為「Lime Bell」（等級４）。

■拓武＝黛拓武。跟春雪及千百合都是從小就認識，擅長劍道，對戰虛擬角色為「Cyan Pile」（等級５）。

■Sky Raker＝曾經隸屬於「黑暗星雲」，本領高超的超頻連線者。先前因故過著隱居生活，但在黑雪公主與春雪的說服下回歸戰線。曾傳授「心念系統」給春雪。

■神經連結裝置＝以量子無線方式與大腦連線，透過影像與聲音等方式，對所有感官都能提供訊息的攜帶型終端機。

■校內區域網路＝建構在梅鄉國中校內的區域網路，用於點名與授課等用途。梅鄉國中的學生在校內都有隨時連結校內網路的義務。

■連結全球網路＝連上全球網路的行為。梅鄉國中校內禁止連結全球網路，僅提供校內網路供師生使用。

■BRAIN BURST＝黑雪公主傳給春雪的神經連結裝置內應用程式。

■對戰虛擬角色＝玩家在BRAIN BURST內進行對戰之際所控制的虛擬角色。

■軍團＝Legion。由多名對戰虛擬角色組成的集團，以擴張佔領區域及確保利權為目的。各軍團分別由「純色七王」擔任軍團長。

■正常對戰空間＝指進行BRAIN BURST正規對戰（一對一格鬥）用的場地。儘管有著直逼現實的高規格重現度，但遊戲系統則與上個世代的格鬥遊戲相差無幾。

■無限制中立空間＝只允許４級以上對戰虛擬角色進入的高等級玩家用場地。其中建構有遠超出「正常對戰空間」之上的遊戲系統，自由度比起次世代ＶＲＭＭＯ遊戲也毫不遜色。

■運動指令體系＝用以控制虛擬角色的系統，正常情形下對於虛擬角色的控制都由這個系統處理。

■想像控制體系＝透過堅定想像意念（Image）來控制虛擬角色的系統。運作機制與正常的「運動指令體系」大不相同，只有極少數人懂得如何運用，是「心念」系統的精要。

■心念（Incarnate）系統＝干涉BRAIN BURST的想像控制體系，引發超越遊戲格局之現象的技術。又稱做「現象覆寫（Overwrite）」。

■加速研究社＝神祕的超頻連線者集團。認為「BRAIN BURST」不只是單純的對戰遊戲，對此有所圖謀。「Black Vise」與「Rust Jigsaw」都是這個社團的成員。

▶▶▶ Accel World

1

乾脆把整個東京的天空都加蓋不就好了。

春雪躲著透水地磚吸收不完的積水行走，腦中想著這種自暴自棄的念頭。

他從以前就討厭下雨。雨不但使神經連結裝置的連線品質略微降低，又得空出原本可以用來操作虛擬桌面的手來撐傘，還會讓他本就已動輒汗濕的身體變得更濕。

回家途中，春雪在一處紅燈前停步往上看。儘管已經下了一整天的雨，天空卻仍然飽含水分，一片灰濛濛。視野右端顯示著預測降雨機率與頭條新聞，到明早為止的各地降雨機率不是百分之八十就是九十，數字相當豪氣，看來梅雨鋒面暫時不打算離開關東地區。

要是能一口氣衝破雲端，感覺想必十分暢快。上頭有著一望無際的純白雲海、深藍色的天空，以及耀眼的太陽。這光景他在「暴風雨場地」看過幾次，但在現實世界裡當然沒有這種經驗。

他心想至少可以想像看看，於是踮起腳尖，拍動心中虛擬出來的翅膀，就在這時——

「綠燈囉！」

春雪背上突然被用力拍了一下，跌跌撞撞地踏上行人穿越道。他好不容易才勉強站穩，並為了掩飾尷尬而快步走，同時轉向旁邊說：

「……嗨。」

「嗨。」

那個轉著鮮豔黃綠色雨傘回應他的人，就是同班同學倉嶋千百合。她將防水材質的運動鞋踩得啪啪作響，絲毫感覺不出雨天的憂鬱，反倒像在享受下雨之樂。

「妳買新傘啦？」

春雪覺得她手上的物體有點陌生。一問之下，這位兒時玩伴就不好意思地眨著那對有點像貓眼的雙眸說：

「嗯……不用說完，我知道你想說什麼！買日常用品時，總會被虛擬角色牽著走嘛。」

「就是說啊……我也在不知不覺間，把眼鏡盒跟直連傳輸線都換成銀色了。」

千百合在兩個月前——四月時成了超頻連線者，而她的對戰虛擬角色「Lime Bell」名副其實有著萊姆綠裝甲。當初她似乎不太習慣這個顏色，但不知不覺間一些日常用品都換成了明亮的綠色，連她那註冊商標的大型髮夾也不例外。

「不過妳可別連神經連結裝置也換上一樣的顏色啊，畢竟那有可能洩漏現實身分。」

春雪看著她纖細的脖子上佩戴的紫色ＶＲ裝置這麼說道，千百合則鼓起臉頰回應：

「什麼嘛，小春、阿拓還有黑雪學姊，你們的神經連結裝置顏色明明都跟自己的虛擬角色一樣。」

「我……我這套從很久以前就在用了好不好？下次換機種的時候我會換顏色的啦。」

「反～～～正你一定會換成鋼琴黑對吧。」

春雪被她瞟了一眼，不由得別開目光。

兒時玩伴一臉拿他沒辦法的表情笑了笑，將全新的雨傘往後一傾，仰望天空。

「不過這雨還真能下。」

「就是說啊……說到這個，妳社團不用練習嗎？」

這時春雪才留意到一點：參加田徑社的千百合平常根本不會跟自己一起回家。於是他歪了歪頭發問。結果千百合聳聳肩，露出無趣的表情回答：

「平常要是下雨，我們會在體育館做重量訓練，不然就是在室內游泳池長泳，可是今天兩個地方都被其他運動社團擠滿了，也只好休息啦。小拓他們劍道社竟然有專用的道場，實在太詐了……唉，身體一天不動，就覺得肌肉都鬆弛了，感覺有夠不舒服。」

「是喔，會這樣啊……」

自負屬於跟運動員相反人種的春雪，聽了後稍覺佩服地喃喃自語。

千百合聽到後，忽然想到了什麼似的眨眨眼，走近一步抓住春雪的手——並把臉湊近因為突發物理性接觸而心慌意亂的春雪，開口說道：

「對了小春，我們來運動吧！」

「啥……啥？」

春雪震驚得翻起白眼，一張嘴開開閉閉，好不容易才反問回去：

「運、運動……？要在哪裡……做什麼……？」

「……你這什麼反應？啊～你一定想歪了對吧！」

千百合先冷冷地瞪他，接著露出捉弄人的笑容：

「我只是想跟你搭檔去『對戰』，不知道有田大師對這番話還能做什麼別的解釋啊？」

「我、我當然也是這麼想的啊。」

春雪刻意清了清嗓子，故作平靜說下去：

「我是說，要到哪個戰區、用什麼樣的規則打啦。」

「咦～？喔～？哼～？」

所幸千百合似乎願意讓嫌疑犯假釋。她臉上轉為笑容，用雨傘指了指道路前方出現的中央線高架鐵路說：

「時間還早，我們就去新宿吧。東京都廳的展望台說不定比雲還高呢。」

「我是覺得不可能啦……算了，也好。」

春雪聳聳肩回答，同時再次體認到千百合仍然放在他右臂上沒拿開的手有多麼沉重。

有田春雪與倉嶋千百合，都是在十四年前——二〇三三年，誕生於這棟北高圓寺的複合型住宅大樓。由於住處只差了兩樓，他們倆從幼兒時期就彷彿雙胞胎般一起長大。

由於大樓十分巨大，裡頭當然還住有許多同年代的小朋友。但除了千百合以外，至今還跟春雪要好的朋友，就只有住在另一棟大樓的黛拓武。

拓武讀的小學跟春雪他們不一樣，反而讓春雪可以放開心胸來往；至於他能跟就讀同一間學校的千百合維持關係，則多半得歸功於這位青梅竹馬的堅強與善良。

從小學成為高年級生的霸凌對象以來，春雪就不願被千百合看到自己悲慘的模樣，所以想跟她保持距離，但千百合堅持不肯遠離他。「跟被霸凌的小孩走得很近」對那個年代的小學生來說是多大的壓力，現在的春雪已經能夠體會。然而她直到五年級為止，每天放學都陪春雪一起回家，還找拓武一起來打打電玩、或是到外頭探險，就這麼玩到傍晚。他們三人一起度過的課後時光，如今已經帶著黃金色的光輝，記憶在春雪內心深處。

——不，這對千百合來說或許也是一樣的。

因為千百合的對戰虛擬角色「Lime Bell」那種變相的治癒能力，恐怕就是來自……

「電車來囉。」

突然間，春雪的手肘被頂了一下，抬頭才發現自己已經在不知不覺間走到了中央線月台。

他看著從西邊接近的橘色列車，點頭「嗯」了一聲，接著悄悄補上一句：

「……謝啦，小百。」

「咦，你說什麼？」

看到兒時玩伴甩著短髮回頭的模樣，春雪胸口莫名有種揪住的感覺，趕忙搖搖頭說：

「我、我什麼都沒說。喔，看來有位子坐！」

他跳上電車，背後傳來耳熟的吐槽：

「我說你啊，才兩站你也要坐！」

兩人從新宿車站西門地下經由電動步道抵達都廳，隨即跳上直達頂樓展望台的電梯。加速感來得快，去得也快。牆上數位樓層表的字樣以驚人的速度跳動，軌道外牆馬上從水泥轉為玻璃，整個人已經趴上去的千百合喊出聲來：

「哇……這灰色有夠深的……」

「下雨實在看不清楚啊……」

雖說早有料到，但本來往電梯南側應該可以看到一望無際的巨大都市黃昏景色，現在卻被下個不停的雨簾遮住，幾乎什麼都看不見。而且當樓層越來越高，甚至還出現霧氣附著在玻璃上，讓視野變得更加封閉。

電梯在一陣彷彿身體輕輕飄起的感覺中減速，並在告知已經抵達的導覽語音中停住。電梯門開啟後，一片全白光景出現在兩人眼前。

這棟東京都廳大樓曾在三〇年代改建，高度達到五百公尺。哪怕找遍全東京甚至全日本，比這裡更高的建築物大概也只有墨田區的東京通天樹。然而那裡的第二展望台高度只有四百五十公尺，所以這都廳頂樓才算是東京都心地帶最接近天空的地方。

千百合跑出電梯，雙手按在正面的巨大玻璃窗上說：

「哇……好壯觀，一片全白……」

「這已經不是雨中，而是身在雲中了啊。」

春雪苦笑著站到千百合身旁。觀景玻璃窗外側彷彿蓋上一層厚厚的棉花，只看得到乳白色光芒。

「看不到天空真讓人遺憾啊。」

聽他這麼說，千百合還不死心，繼續朝窗戶上方瞪了一會兒，但隨即回眸一笑。

「也好，多虧了下雨，我們才能包下全場。」

通道兩邊都見不到人影，看來確實沒幾個人會在天氣這麼差的平日傍晚跑來展望台。千百合突然用自己的左手鉤住春雪的右手，用力拉著他喊道：

「難得來了，我們先繞個一圈吧！」

「唔、嗯、嗯。」

這陣子春雪在面對千百合時，即使面對面以自己的聲帶說話，也逐漸能像以前那樣正常交談了，但只要被她輕輕一碰，嘴巴跟舌頭的動作就會開始失常。千百合看到春雪這種模樣後笑了笑，開始沿順時針方向繞著展望樓層外圍的通道行走。

當然，不管怎麼走，窗外光景都沒有什麼改變，除了附著在玻璃上的無數水滴外，只看得到白色雲層翻動。但千百合仍然踩著節奏明快的腳步前進，臉上沒有絲毫不滿。

現在春雪跟這位兒時玩伴的關係仍處於不太明確的狀態。兩個月前，一場極為艱辛的戰鬥剛結束時，千百合摟著春雪跟拓武的脖子痛哭，說最喜歡他們兩個。

之後她也說到做到，對春雪跟拓武都毫無芥蒂，愛說什麼就說，愛碰他們就碰。沒錯——彷彿已經將時間回溯到他們三個人每天一起玩到天黑的那段時光。

「對了，小春。」

突然被叫到名字，讓春雪猛然抬起頭。

「什、什麼事？」

「反正我們是來對戰的，就連上全球網路吧。這樣一來，窗外會跑出觀光導覽標籤吧？」

「啊啊……對喔。」

他們倆的神經連結裝置現在都沒有連上全球網路。原因在於新宿區是藍色軍團「獅子座流星雨」的領土，若一直連著全球網路，根本不知道什麼時候其他超頻連線者會跑來亂。

如果他們還在馬路上，維持在「接受對戰狀態」確實很危險，但如果在這種沒有其他人的展望台，無論何時進入自動加速狀態都沒什麼問題。春雪點點頭，先打開「BRAIN BURST」的操作介面跟Lime Bell組隊。這樣一來對戰名單上就會明白標示他們倆是搭檔，也幾乎可以將挑戰者限定為二人組。之後，他才跟千百合同時將神經連結裝置連上全球網路。

一連上網路，立刻有無數小小的投影對話框佔滿整個視野。那是晴天時用來標示眼底觀光名勝與大型建築物的導覽標籤。看來他們兩人目前正面向東方，不遠處可以看到新宿車站跟南方陽台，更遠處還可以看到歌舞伎町。

「……只看標籤果然還是沒什麼意思啊。」

千百合苦笑著這麼說完，不知道是不是天氣之神可憐他們兩人，厚重的雲層瞬間斷開，東京都心的傍晚景色隨之展現。

少女發出歡呼，撲到窗前，春雪也趕忙站到她身旁。

從五百公尺高的地方以肉眼俯瞰，這座巨大都市彷彿一塊由五百年歷史交織而成的掛氈，將一片混沌的景色橫在他們眼前。新宿車站周邊可以看到最尖端的積層結構市街發出耀眼光芒，但再過去不遠處又可以看到多半與上個世紀沒什麼差別的新宿御苑跟赤坂御用地沉入薄暮之中。

而在東方遠端，有個更黑更廣大的空間，彷彿是存在於銀河中央的大型黑洞——皇居。

現實世界中的皇居當然禁止一般人進入，春雪等超頻連線者自然得不到皇居內部的畫面。原因很簡單，那裡的保全系統是現代日本中極少數的例外，沒有連上公共攝影機網路。也因此，存在於加速世界「無限制中立空間」的皇居無法像其他名勝一樣透過攝影機畫面來重現，而成了一座遊戲原創的魔城。

但相反的情形又會如何呢？

目前已知BRAIN BURST入侵了日本國內所有公共攝影機網路，藉此製造遊戲對戰場地，跟本州沒有相連的沖繩也包括在內——黑雪公主就曾經從無限制空間的沖繩一路直奔東京。換句話說，如果日本國外也有地方受公共攝影機監視，那超頻連線者也「去得了」這些地方……？

「……我說小百啊。」

春雪茫然看著東方遠處，喃喃開口。

「嗯？什麼事？」

「最近妳有沒有看過新聞報導什麼公共攝影機技術出口到國外……」的消息？

春雪沒能問完這最後幾個字。

「啪！」一聲熟悉的音效撼動耳膜，同時視野也轉成一片漆黑。這是自動加速——也就是說待在新宿戰區的超頻連線者之中，有人發現對戰名單出現春雪跟千百合這對搭檔，於是要求「對戰」。漆黑的視野正中央出現一排火焰文字：【HERE COMES NEW CHALLENGERS!!】

先前的思考遇上了久違的領土外對戰，立刻被隨之而來的興奮感沖走。

2

裹在白銀裝甲之中的雙腳，在長有青苔的粗樹枝上著地。

抬頭一看，視野已經與先前的雨中摩天樓迥然不同。天空染成奇妙的淡紫色，所有高樓大廈都化為長滿了節的巨木；林間垂下無數根粗藤，還可以看到幾個像是翼龍的剪影在其間穿梭飛翔。

春雪站在一棵原本是新宿都廳的巨樹之頂，俯瞰底下的叢林並發起牢騷：

「嗯，是『原始叢林』場地喔？這我可不喜歡。」

結果身旁立刻有人回應：

「為什麼？不是很漂亮嗎？比起『荒野』跟『世紀末』那種殺風景的地圖好多了。」

說話者當然就是身披綠寶石色半透明裝甲的「Lime Bell」。一雙圓眼在她那頂大尖帽的帽簷下閃閃發光。

「這個嘛，用看的當然很有意思啦～可是這裡遮蔽物那麼多，就算飛上天也看不清地面狀況啊……」

「別說喪氣話了！偶爾也要練習在地面怎麼打。」

「是是是。」

被她用左手的巨大手搖鈴一頂，春雪點了點頭。

原始叢林場地的特徵，就是由於植物生長茂密而導致能見度極低，還有小動物類物件多得異常。不，森林裡還有不少巨大肉食獸，擬定策略時必須把這些外在因素也考慮進去。

春雪在腦海中複習場地屬性，同時朝視野右上方的兩條ＨＰ計量表瞥了一眼。

找上門來的，是由5級的「Frost Horn」跟4級的「Tourmaline Shell」組成的搭檔。這兩個名字春雪都很熟悉，是藍色軍團「獅子座流星雨」的現役成員。

現在春雪是5級，千百合則是4級，所以數值上沒有差別，但想來對方成為超頻連線者的資歷肯定久得多。乍看之下，會覺得升級速度快的春雪跟千百合比較優秀，實際上卻不然。

說穿了其實很簡單，超頻連線者的個性大致上可以分為幾個類型，但「不管勝率高低，無論何時何地對上誰，總之見人就對戰派」跟「仔細計算有利與否，確實拿下該贏場次派」這兩者即使數字上的等級一樣，看不見的部分卻有著很大的差別。

那就是累積的戰鬥經驗。即使由於對手等級高到怎麼掙扎也打不贏，或是虛擬角色屬性受剋而打輸，這些對戰對於超頻連線者本人來說，仍然可以獲得點數之外的經驗。除了學習戰術與知識，更可以磨練出在逆境中咬牙撐下去的強韌精神。

當然莽撞派的打法在效率上會比明智派來得差，有時還會導致超頻點數短缺，非得跑去無限制空間做獵殺公敵的苦工不可。

但他的師父黑雪公主說過，最終來說還是這種傢伙升上高等級的機率比較高。也因此，春雪上街找人對戰時，也會刻意不去挑好打的對手，自認算是走中間路線，只是——

這次跑來挑戰的兩人……尤其是「Frost Horn」，在莽撞度上遠遠超出春雪，是個有名的神風特攻隊。也正因為他是這樣的人，才會一看到春雪他們出現在對戰名單上，就毫不猶豫跑來挑戰。

春雪從視野中央導向游標的移動，看出敵方正筆直朝這棵都廳樹前來，於是決心奉陪對方的打法，開口說道：

「小百，我們也下去速戰速決好嗎？」

而搭檔也露出得意的笑容點點頭。

「好啊，反正視野遮蔽成這樣治癒也送不到你身上，而且最近我有在練習格鬥呢！」

說著，她揮動左手的手搖鈴，將背後五六顆看起來十分堅硬的果實砸個粉碎。

春雪曾經被這手搖鈴敲過頭，見狀不由得縮起脖子。接著他才朝搭檔伸出手說：

「好，那我們就從正上方突擊吧！」

「ＯＫ～」

千百合用力握住朝自己伸來的右手，從距離地表五百公尺的樹枝上毫不猶豫地縱身一跳。在眼底一大片籠罩著淡藍色霧藹的森林中，導向游標指出明確的一點，兩人以自由落體的方式，頭上腳下地瞄準該處掉落。

游標僅會指出敵人大概的方向，因此對方應該無法立刻發現春雪他們從頭頂上急速接近。為了確實抓住這個空檔，他們必須盡可能延後減速的時機。空氣在耳邊呼嘯作響，地面以驚人速度逼近，就連已經習慣俯衝的春雪都難免喘不過氣來。

但身旁以同樣速度俯衝的千百合卻沒有發出慘叫，雙眼更是炯炯有神。春雪心想她的神經實在有夠大條，轉念又覺得這種形容似乎不適合用在女生身上……

春雪腦中正轉著這些無關緊要的念頭，此時一個銳利的輕聲細語傳進他耳中：

「找到了！在那朵巨大紅花下面！」

春雪趕忙凝神觀看，在一叢狀似大王花的高挺植物後頭，確實有個壯碩的人影跟另一個細瘦的人影並肩飛奔。右邊是一身淡藍色重裝甲，額頭與雙肩長著巨大尖角的Frost Horn，左邊則是身穿藍綠色輕便裝甲的Tourmaline Shell。

「我對付右邊，小百妳對付左邊，一起給他們一個痛快。」

春雪迅速說完，千百合點頭答應。

相信兩個敵人都還以為春雪他們待在地面或都廳樹上不遠處，但再過幾秒鐘，雙方就會進入近身戰範圍，游標也將跟著消失。他們必須在這之前減速，調整好姿勢準備攻擊。

春雪瞪大雙眼，集中所有知覺計算時間。

「要上了……減速五秒前、三、二、一、零！」

他用力握住千百合的手，在倒數結束同時全力張開背上翅膀。

為了讓敵人誤以為Silver Crow還留在地上，他特意不去累積必殺技計量表，儘管翅膀因此無法產生推力，但仍然能當成降落傘來用。金屬翼片咬住空氣，發揮強勁的減速作用。

春雪利用這股力道轉換身體方向，左腳筆直伸出，擺出俯衝下踢的姿勢。他以精準的力道牽著擺出同樣姿勢的千百合，幫她調整下踢方向。緊接著，導引游標從視野中消失。

這一瞬間，敵方也領會到春雪他們意外地近，因此以強得能在地面劃出軌跡的力道猛然剎車。他們迅速掃視四周，隨即仰望上空。

但為時已晚——

「喔啦啊啊啊啊！」

「喝————啊！」

春雪與千百合大喝一聲，分別以左右腳踢開大王花花瓣，一路以銳角踹向各自的目標。

即使是經驗老到的玩家，也無法在這間不容髮的時刻毫髮無傷地避開突襲。Frost Horn跟Tourmaline Shell不約而同在胸前交叉雙臂防禦；春雪與千百合則照踢不誤，以高度五百公尺帶來的能量使出俯衝下踢。

這一踢之下，爆出了大規模的光影特效與衝擊聲響，簡直可媲美必殺技命中時的震撼力。

「唔喔……」

「哼嗚！」

Horn與Shell發出悶哼，放低姿勢想要頂住這一踢的力道。兩人四隻腳在綠色的地面上削過，刻下四道極深的軌跡。

但他們個子再大，終究不可能完全擋住力道這麼強的重擊。

僵持狀態只維持了短短一秒，Horn與Shell同時往後方彈開。他們深深削過地面後，猛力撞上遠方一棵大樹的樹幹。衝擊特效再次撼動整個場地，右上的兩條體力計量表一起減損了將近三成。

春雪與千百合成功地先發制人，一個後空翻落地之後，遠處立刻傳出幾個喊聲。

「哦哦好猛！」、「很少看到普通招式可以打出那麼大的傷害啊！」這些歡呼來自三五成群坐在高處樹枝上俯瞰的觀眾。不愧是對戰聖地新宿，明明是平日，觀眾卻多達二十人以上。

觀眾的聲浪告一段落，原先倒在樹叢裡只露出腳的Frost Horn與Tourmaline Shell猛然起身。儘管強烈的衝擊餘波尚存，但失衡的兩人隨即站穩腳步大聲叫嚷：

「該死，你們竟然給我跑去都廳展望台！下那麼大雨根本什麼都看不到好不好！」

「問題不在這裡啊阿角！是約會啊，他們兩個是在約會啊阿角！」

「什……什麼……？你說……他們是來約會，對戰只是……順便……？」

「就是這樣啊阿角！他們一定想幹掉我們之後再摟摟抱抱親親的啊阿角——！」

「我……我饒不了他們。阿電，我不能認同這種超頻連線者——！」

這段簡直像事前排練過的短劇，再度炒熱了周圍氣氛。觀眾爆笑聲中還可以聽到對他們的聲援：「沒錯沒錯，讓他們知道沒女生要的人也有自己的骨氣！」

先前一直茫然聽他們說話的春雪，這時才連連搖頭說：

「才、才不是……我們才沒有在約會……」

「要是這麼不甘心，你們也可以去找女生組隊啊！」

——千百合這句火上加油的話，蓋過了春雪的辯解。Frost Horn再次腳步不穩地抱怨：

「剛……剛剛那句話真的戳到痛處了……」

他身旁雙手扠腰的Tourmaline Shell也連連點頭說：

「畢竟獅子座流星雨（我們家）的女玩家本來就很少啊，光聽到近戰型集團這幾個字就已經覺得滿是汗臭味了。」

「現在不是贊成的時候！既然這樣，我們也只能痛宰他們一頓，讓他們回家路上尷尬得不得了啦！」

「哇，你這樣也太小家子氣吧阿角！」

「少囉唆！我要讓他們！見識見識！男子漢的氣魄！要上啦……」

就在看第二段短劇看得啞口無言的春雪眼前，Frost Horn粗壯的雙臂左右一擺，雙肩的厚實尖角發出強烈光芒。

「『結霜領域』！」

喊出招式名的同時，淡藍色光環以尖角為中心往外散開，穿過春雪與千百合，繼續往後方擴散。

這招速度與射程上都避無可避，但光線本身無害，春雪他們的體力計量表沒有絲毫變動。

春雪打起精神，等著觀察後續現象。他曾在領土戰爭中跟Frost Horn交手過幾次，但這還是他第一次直接挨這種必殺技。想來這種必殺技應該不是直接對敵人造成損傷，而會改變周遭環境的性質。

隨著喀喀幾聲銳利輕響，周圍植物染成白色，無數光點在空中輕舞。這些全都是「霜（Frost）」。結晶化的水分附著在眼前所有物件上，替它們裹上了一層冰霜外衣。

Silver Crow光亮的鏡面裝甲轉眼間變得灰濛濛，愈往手腳與裝甲末端，霜就積得愈厚。春雪見狀低聲說道：

「Bell（小百），Horn由我來應付。在我解決他之前，麻煩妳先拖住Shell。」

「ＯＫ。」

她才簡短地回答完——

「喝……啊啊啊啊！」

冰霜細紗的另一頭便傳出粗豪吼叫，巨大身影筆直朝春雪衝來。

是Frost Horn。那身水藍色裝甲跟Silver Crow同樣附有結實的冰霜，額頭與雙肩的尖角上更有層厚厚的冰膜。

對方挺出右肩的角猛然撞來，春雪則沉腰瞪眼，想看準閃避跟反擊的時機。

「……唔喔！」

他大喊一聲往右跳開，試圖躲過衝撞。但身上附著的冰霜讓身體比平常重得多，導致第一步動作慢了點。儘管沒有挨個正著，但巨角仍然擦過他左肩，帶來一陣鈍重的衝擊。春雪咬緊牙關站穩，朝正要跟自己錯身而過的Horn側腹揮出右拳。

但這次也因為附加重量而導致時機不對。春雪的短拳帶上了一層厚重的冰霜，要是能命中，應該可以造成比平常更重的損傷，然而這拳只微微擦過Horn的身體。

這就是必殺技「結霜領域」的主要效果：增加範圍內對戰虛擬角色的末端重量，迫使對方難以迅速使出小規模的攻擊與連段；反之，一擊就能扭轉局勢的大招卻會變得更有威力。另外這招還有附帶效果，能讓遠距離能見度變得極差，防堵拉開距離狙擊的戰法，熱導引攻擊甚至會在凍氣下癱瘓。

也就是說，一旦待在這個區域內，幾乎所有類型的虛擬角色都得被迫進行大動作互毆，這種能力從各個角度來看都非常可怕。而冰霜的有效範圍是以Horn為中心，也就是會跟著他移動，所以想跑出效果範圍絕非易事。

Horn跑到遠方後轉過身來，擺好架勢準備再次衝鋒。春雪瞪著對手，在內心自言自語：

——也好，我就奉陪到底。

他握緊雙拳下定決心，並瞥了遠處對峙的另外兩人一眼。

搭檔Lime Bell也同樣全身凍成白色，左手搖鈴更垂著好幾條冰錐，看起來就非常沉重。

然而——

跟她對峙的Tourmaline Shell身上卻沒有一片雪花。裹在他細瘦身軀上的平滑曲面裝甲與開始對戰時沒有兩樣，發出像是沾了水似的藍綠色光芒。不，上面真的沾了水。冰霜一碰到他，立刻融化成水，滴落在地。

這就是Tourmaline Shell與Frost Horn喜歡搭檔出戰的理由。

他那電氣石(Tourmaline)色的裝甲一受到衝擊，就會開始帶電發熱。「電系」跟「高熱系」的虛擬角色雖多，但可以持續產生熱度的卻沒幾個，Shell就是少數能夠完全不受到Horn必殺技影響的虛擬角色之一。

Tourmaline Shell以流暢動作逼近Lime Bell，那雙不停有火花霹啪作響的手刀，接連使出類似中國功夫中掌擊招式的近距離攻擊。Bell則以大型手搖鈴當盾牌，守得固若金湯。

Lime Bell是彩度相當高的綠色系，有著不遜於金屬色的堅強防禦力；加上她雙手那層厚重的冰霜，讓Shell的「電熱掌」幾乎完全無法造成損傷。只要專心防守，應該能讓ＨＰ幾乎完全不受損。

然而——對方搭檔肯定也已經料到這點。

Horn他們當然知道Lime Bell是極稀有的「治癒術士（Healer）」，在這場雙方合計等級完全相同的對戰裡，一旦對方用上治癒能力，落敗的可能性就會大增。

因此他們才會由在「結霜領域」圈內照樣可以自由活動的Shell以連續攻擊牽制Bell，讓Horn可以空出手來解決Crow。儘管春雪他們從高空先發制人成功，但落地之後的對戰則幾乎完全照對方的企圖進行。

若要打破這個局面，春雪就非得獨立打敗Horn不可。

……不過這種事，早從決定要在地面肉搏時就已經料到啦！

春雪以這聲吶喊為自己的瞬間思考下結論，接著將意識集中在衝來的Frost Horn身上。

剛剛的錯身而過，已經讓他親身體會到附在身上的冰霜重量，下次應該可以驚險避過對方的攻勢，紮紮實實地來個迎頭痛擊。

Accel World

Horn這次改為挺出左肩，把肩上的尖角放低當作破城槌朝春雪衝來。春雪忍住恐懼，耐心等對方逼近。

——就是現在！

他以比先前稍早的時機蹬地，想墊步躲過這一撞。這一瞬間……

Silver Crow左肩被尖角刺個正著。

「嗚嗚哇！」

這下強烈衝擊讓Silver Crow高高飛起，在空中轉了數圈後重重落地；但力道並沒有就此耗盡，落地之後他又再次高高彈起。若再這樣墜地會平白多受損傷，因此春雪費盡了千辛萬苦調整姿勢，以雙腳落地。

單單這尖角的一擊，就已讓Silver Crow的體力計量表減少將近兩成，左肩裝甲還出現一個很深的窟窿，火花四散霹啪作響。一種局部受重創時特有的痛楚竄過神經，但春雪心中驚訝更勝痛覺的震撼。

他剛剛抓的時機應該非常完美。尖角的衝撞明明比槍彈慢得多，為什麼自己會挨個正著？

雙手抱胸站在稍遠處的Frost Horn給了他答案：

「唔哈哈哈哈！你這個鳥人怕了吧！你這小子每次都從天上看，所以多半看不清楚，其實我這帥氣的角在『結霜領域』待得愈久，就會變得愈長！變得一柱擎天啊！」

「……你、你說什麼……」

春雪茫然地凝神觀察，發現水藍色大型虛擬角色雙肩與額頭的圓錐尖角裏上厚重的冰霜，比起戰鬥開始時的確伸長了許多。

而且照他的說法，這尖角還會分分秒秒繼續擴大，換言之不管挨幾下肩撞來記住距離，都是白費工夫。

「怎麼樣？這就是！男子漢的！武器啊！唔哈哈哈哈！」

Horn大笑，周圍觀眾有些高聲喝采，有些則吐槽他下流。

春雪聽著這些聲音，深深吸氣、吐氣。

——看樣子是我錯了。

不挑對手見人就戰，跟放棄自己的戰法硬碰硬，兩者似是而非。以為不靠任何策略也能用對方拿手的方式打贏，無疑是看輕對手。一開始就該竭盡全力來對付敵人，若不這麼做，不會有任何勝算。

——接下來我也要拿出全力了！

春雪雙手握拳，往左右用力一分，想張開背上的翅膀。開場一踢與剛剛挨的那一下，讓必殺技計量表已經集了將近半條。首先帶千百合逃到上空，接著等結霜領域的效果解除，然後再次以俯衝攻擊先擊破Tourmaline Shell——

春雪想好戰法後，卻遭遇意料之外的現象，不由得驚呼出聲：

「什……！」

翅膀竟然張不開。他情急之下往背上一看，發現金屬翼片上結了厚厚一層霜，像強力膠似的妨礙翼片張開。

看到Silver Crow雙手趕忙伸到背後想搓掉冰霜的模樣，Horn大喊：

「嗚呵，我好像！有預感！機會來啦～～！」

他猛然放低姿勢，格外巨大的額頭尖角擺好架式，準備衝鋒。

連肩撞都能一舉打掉多達兩成的HP，頭頂尖角似乎更加厲害，絕對不能再挨到。但要是放棄迎擊而四處逃竄，也只會讓狀況不斷惡化。得想辦法，想點辦法出來——

「喝呀——！」

痛快的喊聲就在這時響起。

春雪視線一轉，就看到Lime Bell以右手抓住Tourmaline Shell劈出的手刀，以漂亮的單手過肩摔將他摔出去。

被她高高摔出的Shell，在離了將近十公尺遠的地方以背著地。可惜「原始叢林」的地面不是草就是沙土，摔技的效果會明顯降低。藍綠虛擬角色沒受到多少傷害，立刻就想跳起。

但看來這記過肩摔另有其他目的。

千百合對捧出去的敵人看也不看一眼，便高高舉起左手的大型手搖鈴喊道：

「『香櫞鐘聲』——！」

手搖鈴轉了幾圈之後往下一揮，萊姆綠光芒隨著美麗的鐘聲迸出，筆直朝春雪射去——

接著從他左手邊通過，憑空消失在後方霧氣之中。

「怎麼這樣……」

Frost Horn的大笑與春雪驚愕的聲音重疊在一起：

「唔哈哈！在『結霜領域』裡光線類招式的命中率會降低三成啊！是男子漢！就給我用肉體！戰鬥啊！」

說著，Horn一腳踩得白色冰霜飛舞。他以強勁地跨步朝春雪直衝過來，額頭上又長又粗的尖角更發出銳利光芒。

在敵人逼近的剎那，春雪全力運轉頭腦。

能見度很低沒錯，但千百合會在那種場面下發動必殺技卻落空嗎？

別看千百合那樣，她的作風相當慎重。若真要動用治癒能力，應該會耐心等待可以保證成功的場面。更重要的是春雪的體力計量表還只減少了兩成，現在發動消耗極大的「香櫞鐘聲」未免太早。

換言之千百合那下是故意落空。不，應該說她本來就是瞄準Silver Crow以外的物體。

如果說這個原始叢林場地除了對戰者以外，還能有什麼因素足以影響戰局……
想到這裡，他已經猜到自己該做什麼。
春雪猛然瞪大雙眼，等Frost Horn朝自己衝來。他放低姿勢，45度側身向前，計算應該往哪個方向閃躲。
「唔喔……啦啊啊啊──！」
春雪裝作被Horn粗獷的吼叫震懾住，轉向左後方，沿著先前千百合必殺技經過的直線全力逃跑。地動從後逼近，背部因受傷的預感而微微刺痛──
緊接著，Silver Crow來個急減速，卯足全力蹬地往正上方一跳。他張開雙臂、弓起背部，一個展身後空翻跳過Horn，試圖繞到對手身後。
在敵人的認知裡，Silver Crow無法動用翅膀，那麼他應該料不到春雪會往上閃躲。而這個預測果然沒錯，儘管背脊正中央有種被銳利物體劃過的感覺，但春雪跳上天空之後並沒有受到更多的衝擊。
就在上下顛倒的視野正中央，可以看到大型虛擬角色筆直往遠方衝去。
在他前進的方向上，一層白色冰霜飛舞形成的簾幕後頭，浮現一個巨大的橢圓形。
「哦哇！」
叫聲來自雙手亂揮試著緊急剎車的Frost Horn，但他腳下的地面已經處於半結凍狀態，沒辦法立刻停住，只能就這麼踢得冰霜四濺，朝橢圓形影子衝去。

啪啦，清脆卻悶住的破裂聲響起。

巨大橢圓球裂開，流出透明黏液。從裡頭爬出來的物體發出「嘰～～～！」一聲怒吼，令人聽了就毛骨悚然。

原始叢林場地中，必須隨時提防某種外力——巨大生物型物件。從肉食猛獸、恐龍，到捕食型植物都有，但這些生物基本上都只在對戰虛擬角色進入視野時，才會不分青紅皂白攻擊。

唯一的例外，就是「打破蛋時」。

若蛋殼裡睡得安穩的大型生物受到打擾，就會持續攻擊打破蛋殼的虛擬角色長達五〇〇秒之久。現在低頭看著Frost Horn的巨大天牛就是這樣，只見牠四隻眼睛發出紅色光芒，厚實的下顎咬得喀吱作響。

觀眾看不下去，嘆著氣說：「唉～他這下可搞砸了。」

Horn把觀眾的聲音拋諸腦後，舉起雙手對這隻甲殼動物解釋：

「等等等等等一下！我們都是男子漢，有話好說！」

「嘰～～～！」

可惜牠似乎是母的。天牛以又長又粗的觸角掃開周圍的大王花，開始追逐只有自己一半大小的虛擬角色。Horn發出慘叫聲逃竄，他頭上天牛的巨大下顎咬得喀吱作響。

——當然，會引發這種可怕結果的「巨大生物的蛋」沒這麼常見。即使想積極加以利用，也很可能整場對戰中專心找了半天還找不到一個。

但就這次來說，蛋的存在並不是偶然。

這是千百合製造出來的。她在對戰中發現有大型昆蟲的影子在霧氣另一頭移動，於是佯裝瞄準春雪，其實卻是對昆蟲發出必殺技。

「香櫞鐘聲」其實並不是治癒能力，而是一種「將對象的時間回溯」的能力。這招可以用來變相地恢復體力計量表，也可以取消強化外裝的變更，而在命中場地上的物件時，還可以讓物件狀況回溯；例如被破壞的物體會恢復原狀，巨大天牛則會恢復成蟲卵。

如果在平時，Frost Horn也會察覺場上發生的事，自然不會靠近蛋。然而現在空中有濃密冰霜遮住視野，正好隱藏住千百合的企圖。結果他被春雪所騙，正面撞上了蛋——

「咿咿咿咿咿咿——！」

這尖銳的慘叫與巨大昆蟲的怒吼，朝著西邊森林深處的新宿中央公園遠去。「結霜領域」也跟著遠離，讓周圍立刻恢復原來的明亮。

茫然看著搭檔遁走的Tourmaline Shell猛然驚覺，他看看春雪跟千百合，然後喊道：

「……阿角的仇由我來報！放、放馬過來吧！」

他們當然放馬過去了。

「辛苦啦～！」

看到千百合滿面笑容伸出右拳，春雪便用自己的拳頭碰了上去，接著兩人就在東京都廳頂樓通道上成排的長椅中，挑了一張坐下。

春雪長呼一口氣，先切斷跟全球網路的連線，才以虛脫的表情仰望天空。

只不過結束一場除了超頻點數以外沒有任何影響的正規對戰，卻累得不得了。這多半是因為他逼自己不用一貫的戰法，只能一直待在地面上格鬥。

「不能飛」所帶來的精神壓力，簡直跟待在沙漠裡卻沒有水一樣。第一學期剛開始時，他曾有一週以上不能動用翅膀，但現在想來，這段經歷反而加深了他對飛行的渴望。

連當上超頻連線者還不滿一年的春雪都有這種反應，想來資歷長達六年的「她」對天空一定有著更狂熱的渴求。只是從「她」平常溫和的舉止，實在絲毫感覺不出這種跡象……

「喂，你在發什麼呆啊！」

腦袋被人敲上一記，令春雪趕忙連連眨眼。

身旁的千百合鼓起臉頰，不悅地斜眼瞪著搭檔。看樣子春雪完全沒注意到她在說話。

「不、不好意思，妳剛剛說什麼？」

「我是問你要不要再打一場！」

聽她這麼說，春雪朝顯示在視野右下方的時間看了一眼，發現他們上展望台後只過了幾分鐘。這也難怪，畢竟超頻連線者對戰一次頂多只會花上一點八秒。但春雪想了想卻回答：

「嗯～我想就算保持現在的搭檔等人來挑戰，也只會跟Horn和Shell再打一次……當然這樣也沒什麼不好啦。」

千百合聽了後，轉轉她那對貓眼搖搖頭說：

「的確，同樣組合打起來就比較沒意思了。可是啊，難得兩個人一起來卻各自單打，實在很可惜耶……」

千百合陷入沉思，如果現在是以校內網路用的虛擬角色談話，想必那對大大的貓耳會不停晃動吧。接著她忽然拍手說道：

「啊，對了！正好這裡是新宿，我們就問問看姊姊吧！記得她在澀谷讀高中，坐電車一站就到，搞不好她肯來呢！」

聽見這話，春雪微微吃了一驚。因為千百合口中的那位「姊姊」，正是自己腦中浮現的「她」。

她的名號叫「Sky Raker」，兩個月前才加入——不，應該說回歸——軍團，既是黑雪公主的老友，也是個老資格的超頻連線者。

至於為什麼千百合會稱她為姊姊，理由則單純到了極點：因為千百合姓「倉嶋」，而Raker

的本名叫做「倉崎楓子」。第一次在現實世界見面並互換虛擬名片時，春雪不經意地說了句無關緊要的評語：「要是連第二個字都一樣，你們就是姊妹了呢，哈哈哈。」而這個玩笑，就成了姊姊這稱呼的由來。

千百合不等春雪回答，便開始打郵件邀她的Raker姊姊。看到兒時玩伴以有些生硬的指法敲著投影鍵盤，春雪猶豫著是否該叫她住手。原因很簡單，因為他有種預感——Raker肯定會拒絕千百合的邀約。

Sky Raker確實回歸了軍團，但仍然沒有擺脫罪惡感的束縛。很久很久以前，她以無異於拋棄團長黑雪公主的方式離開軍團，對此她到現在都還深深後悔。千百合當然也知道這件事，所以她多半是想用自己的方法，去敲Raker心中關上的那扇門。

所以春雪還是閉上了剛張開的嘴。

幾秒鐘後，千百合打好了郵件，連上全球網路後寄出，隨即切斷連線。等了一會兒後再次上線，收取Raker的回信，再次切斷網路連線，這才開始閱讀郵件內容。

「……她說抱歉。」

千百合喃喃說完這句話後，抬起頭微微一笑。於是春雪道出事先想好的說詞：

「畢竟Raker姊是高中生，平日一定很忙嘛。她應該會參加週末的領土戰，到時候應該就見得到了。」

「……嗯，說得也是。」

兒時玩伴深吸一口氣，彷彿強行切換心情似的露出笑容，活力充沛地說：

「那麼，要不要各自單打個一場？」

「嗯～剛剛那場已經讓我挺滿足了……當然要是小百嫌不夠，我也會奉陪啦。」

聽春雪答完，千百合露出了由衷的愉快笑容說：

「嗯，能贏得那麼好玩又帥氣，我今天也已經玩夠了。啊～真的好痛快。」

「也是啦。」

春雪回以得意的笑容，並想起先前的搭檔戰。

純粹用實力拚贏固然好，但還是徹底利用場地性質的策略性勝利最令人痛快；像剛剛這樣略居下風卻反敗為勝的情形更是罕見，對戰分出勝負時觀眾沸騰的情緒已經證明了這點。

不用說，被逆轉的一方自然也是加倍不甘心。

Frost Horn好不容易才甩掉巨大天牛回到戰場，卻三兩下就敗在集中攻擊之下，當時他撂的狠話實在太經典。千百合似乎也同時想到這裡，兩人不約而同地噗嗤一笑。

「噗噗噗……他居然說『下次看我從東京通天樹的頂樓賞你一記飛踢』耶！既然都先預告了，到時一定會被閃開，直接掉在地上摔死。」

「而且他還得先想辦法爬上去吧？從展望台到頂樓天線差不多有兩百公尺，也不知道公共攝影機有沒有涵蓋到那麼高……」

說著說著，春雪腦中忽然閃過一個念頭，嘴巴頓時減速。

他在開始對戰前，正試圖回憶這件事——公共攝影機技術首次出口到國外的案例。

在頭條新聞瞥過一眼的記憶，這時總算甦醒過來。

看到青梅竹馬突然不說話，千百合輕輕歪了歪頭。

「……小春，你怎麼啦？」

「咦、啊、沒……沒有，沒什麼。」

春雪連連搖頭，千百合只得聳聳肩站起身。

「那我們找地方喝個茶就回去吧。有田大師，沒有一敗塗地，搞得回家路上都尷尬得不得了，真是太值得慶幸了呢！」

儘管春雪對遊戲的話題極為健談，但聽到這種台詞，思緒還是不由得瞬間中斷。

「才、才沒有，就算輸了也沒什麼大不了啊。」

他才含糊地動嘴辯解，就聽到開始往電梯方向走去的千百合嘻嘻笑。春雪先嘆了口氣，才加緊腳步跟上。

窗外仍然只見白雲不斷緩緩流動。

3

春雪在下兩層樓跟千百合道別後，獨自回到無人的家裡。才剛換好制服，他就先坐倒在客廳沙發椅上，讓手指劃過虛擬桌面。

他首先打開瀏覽器，以語音輸入搜尋關鍵字。

「公共攝影機、技術出口。」

搜尋結果立刻顯示出來，最上面一條是這麼一則新聞：

【赫密斯之索採用日本的保全系統。】

所謂保全系統，指的當然是公共攝影機技術。

而所謂「赫密斯之索」……

就是設置在東太平洋上的「太空電梯」。

春雪以手指點選連結，並在閱讀報導內文同時拚命思考。

這篇新聞報導的重點在於，太空電梯這種國際設施將採用與日本公共攝影機網路相同的科技作為保全系統。

太空電梯地上站位於離日本十分遙遠的聖誕島（註：印度洋上的島嶼，為澳大利亞的海外領土）近海。假如這種地方配備公共攝影機，BRAIN BURST程式會將那裡也列入「戰區」之中嗎？若真的會列入，有方法可以沉潛到那裡嗎？

讓大腦拚命運轉了三十秒左右之後，春雪很乾脆地放棄。要得出解答，光憑他的知識實在不夠——BRAIN BURST與太空電梯兩方面都不足。這種時候就應該請前輩提供建議，沒錯，那個人在這兩方面應該都有足夠的知識。

春雪關掉瀏覽器，執行郵件軟體，並猶豫了一會兒。

衡量自己心中「純粹想商量的比例」與「拿這當藉口跟對方說話的比例」，得出約為六比四的結論之後，春雪迅速地打好了純文字郵件。這是為了約沒有科目不拿手的超級才女，同時也是BRAIN BURST裡資格最老的玩家之一——「黑暗星雲」團長「黑之王」黑雪公主。

對方立刻回信，指定時間為二十分鐘後。春雪利用這段空檔吃完冷凍鮮蝦焗飯配烏龍茶，提早一分鐘全感覺下潛，將自家區域網路的環境檔，換成從海外網站下載來的物件組合。

以前春雪招待黑雪公主來自家網路時，手上的物件組合不是大煞風景就是充滿煙硝味，讓他十分尷尬。也因此，之後他就到處收集看起來氣氛不錯的物件組合，不過也讓母親抱怨這是在浪費家用伺服器的儲存空間。

時間幾乎才剛到，做好萬全準備的春雪便立刻按下要求連線按鈕。幾秒鐘的呼叫鈴聲過後，一個虛擬角色出現在眼前。

這個虛擬角色穿著一身銀色滾邊閃閃發光的漆黑洋裝，收起的陽傘也是同樣的顏色，背上更長了一對有著紅色花紋的黑鳳蝶翅膀。

比現實世界中的模樣更增添幾分神祕感的妖精公主，先看著春雪的粉紅豬虛擬角色微笑，接著環顧四周。

然後她忽然瞪大雙眼，一邊攀住身邊的柱子一邊喊出聲來：

「嗚、嗚哇！」

「咦？學、學姊妳怎麼了？」

「哪哪、哪還有什麼怎麼了！你你你這環境檔是怎樣！」

聽她這麼一喊，春雪也趕忙環顧周遭。

籠罩在紫色霧靄中的山岳稜線，廣闊的森林與草原，以及滿是白色石造建築的都市。兩人待在一座很高很高的高塔塔頂，可以將這些美麗的風景盡收眼底。直徑三公尺左右的樓台上連欄杆都沒有，只在正中央擺著兩張椅子與照明用的煤氣燈，景色優美到了極點。

「請、請問……這、這不漂亮嗎？這是我前陣子在德國網站上找到的物件組合……」

「先別說漂不漂亮，這塔到底有幾公尺高啊？」

聽她一臉蒼白地這麼問，春雪從邊緣往正下方看了看。跟地面的距離感似乎跟傍晚對戰時的都廳展望台差不多，於是他回答：

「呃……我想大概五百公尺左右吧……」

「也太高了吧，你這笨蛋！還是說你想製造吊橋效果？」

「什、什麼意思？那是什麼？」

「所謂的吊橋效果啊……就是在很高的吊橋這類危險的地方，人的恐懼會引發錯覺……」

黑雪公主解釋到一半卻忽然住口，稍微清了清嗓子，再次瞪著春雪說：

「……無論如何，這種心理錯覺對我不管用的！當然啦……這又不是對戰，就算掉下去多半也不會有事，不過你總該事先說一聲吧……」

黑雪公主越說越小聲，最後幾句話更是只在嘴裡嘟囔。她好不容易才站起身，坐到一旁的椅子上。春雪也在她前方坐下，有點沮喪地問：

「那個，對不起嚇到學姊了……要換成別的物件組合嗎？」

「不，不用了。先不說高度，畢竟這是你費心思找來的。」

看到她嬌豔的嘴唇露出微笑，春雪這才鬆了口氣。他用長著圓滾滾豬蹄的右手搔搔頭，決定先打個招呼再說：

「呃、呃……學姊晚安。不好意思，突然找妳出來。」

「晚安，春雪。別客氣，今天在學校裡都沒有時間說話，能見面我也很開心。」

梅鄉國中在六月底要辦校慶，這是本屆學生會的最後一件大工作；黑雪公主身為副會長，日子自然過得十分忙碌。春雪想到這裡，趁機提出先前曾有過數次的疑問：

「說到這個，學姊為什麼會當學生會幹部呢？會長跟副會長都是投票選出的，所以學姊應該是自願登記成候選人的吧？」

「嗯，是啊。畢竟我一心只想著當上10級超頻連線者，你想不通我做這種事的原因也很正常，畢竟學生會有那麼多事務跟會議，要空出時間對戰都很難。」

黑雪公主說到這裡，先露出別有深意的笑容，接著說道：

「可是答案很簡單，我之所以當學生會幹部，全是為了BRAIN BURST。」

「咦……咦咦？」

「你想想看，對超頻連線者來說，自己就讀的學校就是最切身的環境，所以也正是最危險的空間。掌握這個環境下的所有資訊來除去後顧之憂，甚至可以說是最基本的工作。畢竟只要當上學生會幹部，幾乎就可以存取整個校內資料庫。從這個觀點來看……」

黑雪公主說到這裡，笑嘻嘻地看著春雪，說出了驚人之語：

「第二學期初的下屆學生會幹部選舉，的確也算是個問題。春雪，你要不要選會長？」

「什……什什什什什什什麼！」

春雪從椅子上微微跳起，接著讓自己的豬鼻展開高速的水平運動。

「我、我我我我我不行不行啦。要要要是我去登記，一定會像最近的最高法院法官那樣被投一大堆罷免票啊，會有一大堆啊！」

「嗯～那我讓一步，讓拓武當會長，你當副會長也行……」

「才不是！這種！問題！」

春雪的說話方式有點被Frost Horn傳染，但仍然堅決否定，強行將話題拉回原來的軌道。

「不說這些了，我今天到新宿去對戰……」

「嗯，我有聽到傳聞，說你面對『獅子座流星雨』的主力成員非常活躍。」

「學、學姊消息好靈通。」

看到春雪連連眨眼，黑雪公主換上稍帶諷刺的笑容說：

「我當然知道了，我還知道你跟千百合默契好得不得了。」

「不、這個，這是、這個，呃——」

「你怎麼了？我沒有怪你啊？同一個軍團的成員默契好，那不是再好不過了嗎？」

儘管被必殺黑雪微笑嚇得一身冷汗，春雪還是再次拉回正題。

「這、這次對戰快打完時，對方說『我下次要從東京通天樹賞你一記飛踢』，所以我忽然有了個想法！」

他迅速打開瀏覽器，叫出那篇報導，將視窗刷給黑雪公主。

「那個，學姊，這篇報導妳已經看過了嗎？」

「……赫密斯之索要採用日本的保全系統？嗯，記得在傍晚的電視新聞上看過……」

黑雪公主朝投影視窗瞥了一眼，抬起臉說：

「這篇報導怎麼了嗎？」

「呃……這真的只是我忽然想到的念頭……搞不好根本就差了十萬八千里……而且只為了這點事情就找學姊過來，真的很不好意思……」

春雪先口齒不清地快速設下停損點，這才說出了正題：

「這上面說的保全系統，指的就是公共攝影機技術對吧？這不就是說，整個太平洋太空電梯都會納入『攝影機圈內』嗎？我是想說……到時候……加速世界裡是不是也會出現赫密斯之索……」

說到這裡，黑雪公主突然睜大了眼睛。春雪做好心理準備，心想她多半會笑自己在痴人說夢，不然就是怎麼為了這麼無聊的事情叫她來而生氣。

然而——

「……嗯——」

黑雪公主沉吟良久，右手指抵在臉頰邊，再次凝視瀏覽器視窗的內容。

隨後她抬起臉來，微微搖頭說：

「該怎麼說呢……你這小子還真會想一些異想天開的事情。不過……有意思，嗯，你的想法非常有意思……」

「是、是喔？」

春雪不知道該怎麼反應，含糊地應了一聲。接著黑雪公主的虛擬角色從椅子上站起，彷彿忘了離地五百公尺的恐懼，開始在狹窄樓台上左右踱步。

「就一般情形而言，即使那裡配備了公共攝影機，多半也會變成封閉式網路……只是不知道赫密斯之索的中央太空站在空間跟電力上，還有沒有餘力容納龐大的影像處理系統？再說，直接用衛星線路跟日本的ＳＳＣ連線交給原本的伺服器處理，效率跟成本面都遠比自己裝設來得好。這樣一來……ＢＢ程式可能連這部分的防護也有辦法滲透……」

「學、學姊。」

春雪拚命揮動短短的雙手，想找機會插話。

「學姊，我完全聽不懂。」

這話一出口，踱步的黑雪公主當場定格。她不知該怎麼講解才好，搖搖右手食指說：

「嗯……換言之，赫密斯之索是低軌道型的太空電梯，所以設計極為緊繃……」

「什麼是低軌道型？」

「……得從這裡講起啊？」

黑雪公主微微苦笑，再次坐回椅子上。

她小聲清了清嗓子，用左手叫出一個很大的白紙視窗，用指尖在下側畫了個圓，接著在圓裡用流利的筆跡標明【Earth】。

「那我們就從最根本的地方講起。太空電梯又叫做軌道電梯，簡單說就是在地球表面建立一座非常非常高，高得直達宇宙的高塔，然後利用在這高塔中上下移動的電梯來搬運人員或物資。在單位重量的運輸費用上可以壓到非常低，低得讓火箭或是可以反覆使用的太空梭根本沒得比。可是……」

黑雪公主動起手指，從圓圓的地球上畫出一個極為巨大的圓錐狀高塔往上延伸。

「假設我們用跟東京通天樹同樣的施工方式，企圖建造一座直達宇宙的高塔，底部面積無論如何都會大得能蓋住整個日本。這種巴別塔無論如何都蓋不出來，所以得換個角度思考。」

她迅速擦掉高塔，改在離地球很遠的宇宙空間中畫了個小小的四邊形說：

「要像這樣，先在離地球三萬六千公里的靜止軌道上建立一座太空站，然後從這裡朝著地球表面放下強韌且質輕的纜繩。沿著靜止軌道繞行的物體，會幾乎跟地球自轉完全同步，所以看上去等於一直維持在地球上空的同一個點，名符其實地『靜止』不動。因此……」

她從四邊形——靜止軌道太空站——拉出一條直線，連接到地球。

「只要將到達地上的纜繩固定住，就可以完成一座從地球通往宇宙的高塔……或許應該說是梯子吧。」

「啊，原來如此。」

春雪大為佩服，用右蹄在膝蓋上拍了一記。

但他隨即皺眉，連連搖頭說：

「不對，可是，請等一下。就算材料再怎麼輕，長度達到三萬六千公里，而且纜繩還粗得要能設置電梯，整個結構的重量應該會很驚人吧？被這種重量拉扯，靜止軌道上的太空站不會掉到地球上嗎？」

「當然會！」

黑雪公主立刻回答，讓春雪屁股從椅子上滑落。

「怎麼這樣……」

「那這個問題要怎麼解決呢？答案就是這樣。」

黑雪公主說著從太空站往上拉出一條線，在線的前端畫了一個黑色的球。

「往太空站上方拉出另外一道纜繩，並在前端綁上鉛錘，讓太空站成為整個結構的重量中心……也就是重心。這樣一來，就可以靠鉛錘擺動的離心力，抵銷纜繩的重量。」

「啊啊，原來如此。」

春雪再次大表佩服，卻再次歪頭思索。

「……那麼，這鉛錘要從哪裡弄來？」

黑雪公主聽了後露出別有深意的笑容，有點唐突地扯開話頭：

「──美國太空總署發表『靜止軌道型太空電梯』的構想，已經是四十七年前，也就是西元二〇〇〇年的事了。然而按照當時的計畫，完成日期是在二〇六二年。」

「咦！那不是還要等很久嗎？」

「嗯。為什麼要定在那麼遠的未來呢……因為照太空總署的計畫，是打算攔住經過地球附近的小行星，綁在從靜止軌道太空站延伸出的纜繩上當成鉛錘。」

「啥？攔、攔住小行星？」

「沒錯。他們想只要肯等上六十二年，應該等得到合適的小行星碰巧飛來，而且到時候攔截小行星的技術應該也已經開發出來了。」

「……也就是離現在只剩十五年了對吧……應該辦不到吧？」

「應該吧。」

春雪越聽越迷糊，一張嘴開開閉閉。

「……可、可是……太空電梯『赫密斯之索』不是已經架好了嗎？記得是在五年前完成，所以是二〇四二年。這、這到底是怎樣？」

「這個啊……」

黑雪公主邊用手掌擦掉視窗上所畫的模型圖邊回答：

「這是因為我剛剛講解的『靜止軌道型太空電梯』是最早期的構想，也就是所謂的概念模型；相對地，赫密斯之索則是以更現實的方式重新計畫出來的『低軌道型太空電梯』。」

「低軌道……型。」

「基本構想跟靜止軌道型一樣，但規模不同。赫密斯之索的中央太空站，高度遠比靜止軌道為低，距離地表只有兩千公里……當然就算只有兩千公里，也已經跑到大氣層外了。」

「呃……呃，靜止軌道的高度是三萬六千公里……這、這不是超近的嗎！」

「是很近，所以纜繩可以比原來的構想更輕更短，也就不必用小行星當鉛錘平衡了。」

「啊、啊啊……原來如此……」

春雪深深點頭，接著道出理所當然的疑問：

「……那為什麼不一開始就蓋這種低軌道型？」

「這個構想也有它的問題啊。設置在低軌道……也就是距離地上一千五百至兩千公里高度的人工物體，要抵銷遠比靜止軌道上更強的引力，就必須以遠超過地球自轉的速度繞行。靜止軌道型太空電梯由於繞行速度跟地球自轉同步，纜線下端可以固定在地面上，但低軌道型就沒辦法這樣了。」

黑雪公主伸出手指，在離代表地球的圓形相當近之處劃上一個小小的標記。

「這就是設置在上空兩千公里軌道的赫密斯之索中央太空站。從這裡往上下兩個方向延伸出用奈米碳管(CNT)揉合成的纜繩，上端綁著當作鉛錘的頂端太空站，下端則連接到底端太空站。」

從記號往上下延伸的線條下端，離地球的輪廓還有一小段距離。黑雪公主用手指敲了敲這個空隙繼續講解：

「這個底端太空站浮在離地一百五十公里的高度。再下去大氣濃度就會太高，導致摩擦力扯動整個電梯架構，不用多久就會掉下來。」

「呼——」

春雪呼了口長氣，頻頻動著豬鼻，像是在整理自身想法般說：

「也就是說……呃，所謂的赫密斯之索，就是將三個太空站用ＣＮＴ纜繩相連，總長達四千公里的人造衛星……對吧？這東西在地球外圍，用遠比地球自轉更快的速度繞行……？」

「就是這麼回事。底端太空站的對地速度達到10馬赫，所以低軌道型太空電梯又被人叫做『極音速天鉤』。」

「可是，既然這樣，那蓋在東太平洋聖誕島近海的……又是什麼東西？我記得在當時的新聞報導上，有看過一個很大的人工島……當時我還以為是要從那裡伸出一座很高的塔……」

「那個島是用來把人員跟物資運送到赫密斯之索底端太空站的太空飛機起降場。從那裡起

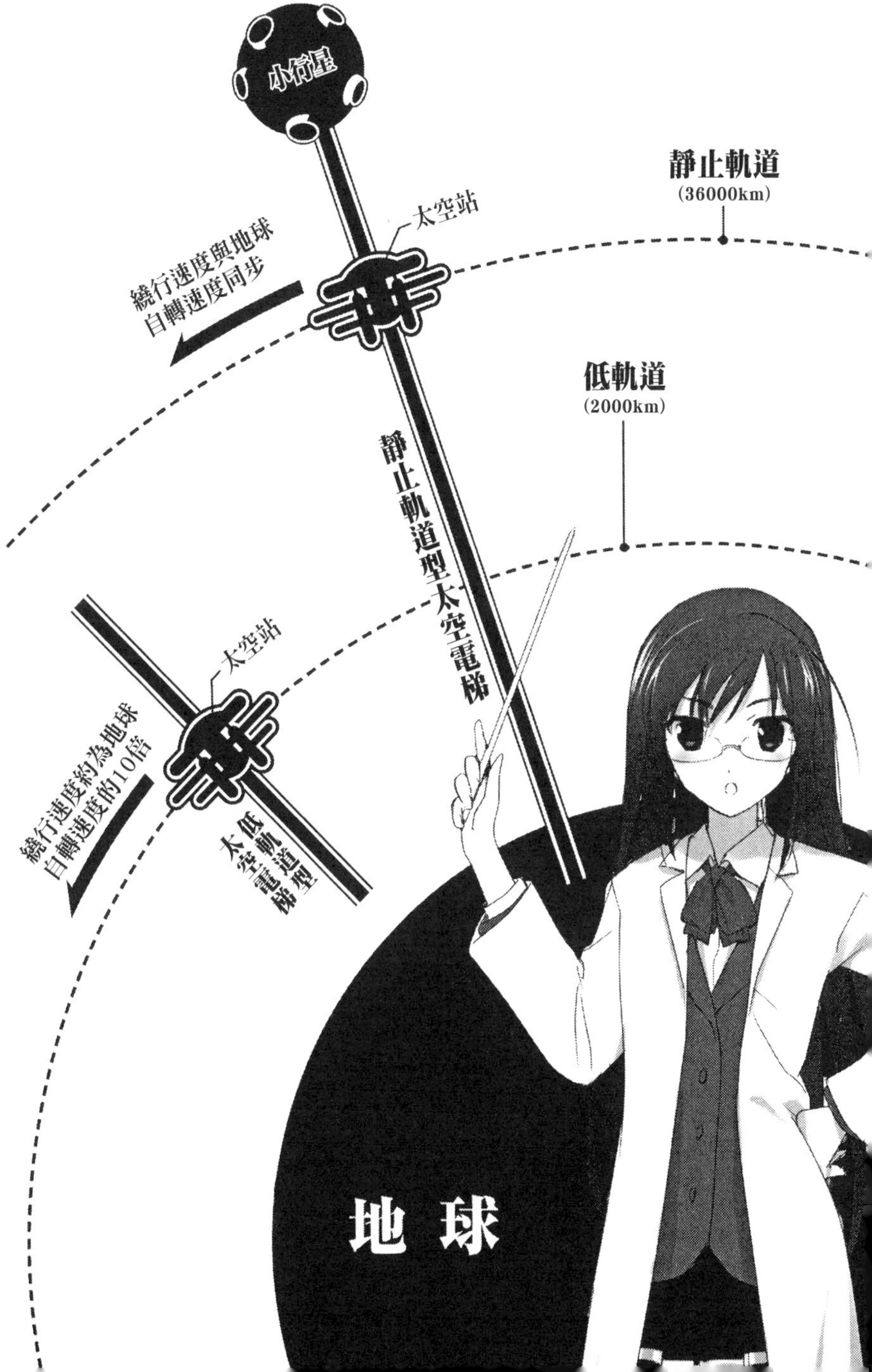
小行星
靜止軌道
(36000km)
太空站
繞行速度與地球
自轉速度同步
低軌道
(2000km)
靜止軌道型太空電梯
太空站
繞行速度約為地球
自轉速度的10倍
低軌道型
太空電梯
地球

飛的飛機，會在地表上空一百五十公里處跟太空站接舷，在那裡卸貨。接著靠電梯把貨物搬到上空四千公里處的頂端太空站，最後再用往返太空梭轉運到靜止軌道太空站，或是月球表面上的國際基地。而靜止軌道太空站就位於起降機場的正上方，從這個觀點來看，說『赫密斯之索存在於東太平洋上』倒也不算錯。」

「哦唔……」

春雪嘆了已經不知道是第幾次的氣，再次望向視窗裡的模型圖。地球直徑約有一萬兩千七百公里，所以就比例上來說，或許就像是蘋果跟略長的蒂一樣，但說這樣的玩意在頭上以10馬赫的速度飛行，一時之間實在讓人難以接受。

「唔唔～嗯，總覺得好像一個弄不好就會掉下來，光想都覺得可怕。」

春雪不由得喃喃自語，黑雪公主聽了微微聳肩說：

「也真的有人企圖把它弄下來過。」

「什、什麼？」

「怎麼？你不知道？記得在早春前後不是出過事嗎？有恐怖份子混進觀光客裡，試圖在中央太空站裝設炸彈。所以才會決定強化赫密斯之索的保全機制，而日本也參加了建構保全系統的競標，這次報導公共攝影機技術首次出口的新聞就有連結啊。」

「嗚哈，原來是這樣啊。對不起，我功課做得不夠……」

春雪縮了縮脖子，模樣簡直像上課中被老師點名卻答不出來時一樣。所幸黑雪老師沒有更進一步斥責，而是在苦笑中繼續講解：

「赫密斯之索是低軌道型太空電梯，跟靜止軌道型相比之下，不但太空站比較小，纜繩也比較細。建築本身設計很緊繃，哪怕只是一個小得可以裝在口袋裡的炸彈，若裝對地方引爆，也可能造成重大災害。而且，它整個結構沒有多餘的電力跟空間來容納大規模的監視系統運作。我認為之所以會採用日本的公共攝影機技術，原因就出在這裡……啊啊，這下總算可以回到原先的話題了。」

黑雪公主喘了口氣，搖搖右手指叫出虛擬實境操作選單。接著將兩杯飲料實體化，遞出其中一杯給春雪。

春雪心想「糟糕，本來這應該由我負責準備的！」但他還是慌張接過杯子。這似乎是微調過無數參數而調製出來的原創飲料，喝起來不像現實世界裡的任何一種飲料，有股自然而清爽的酸甜滋味佔滿了整個味覺。

「很……很好喝，非常好喝。」

黑雪公主微微一笑，張開虛擬角色的左手。

「其實最近我還有練習真正的烹飪……只是不能復原(undo)實在很麻煩。你知道嗎？淡色醬油真的只有顏色比較淡！搞什麼鬼，又不是在賣鹽水！」

「是、是喔？我都不知道……倒是學姊怎麼會突然想提升烹飪技能……？」

「那還用說，是為了替……」

說到這裡，黑雪公主忽然閉上嘴，用力清了清嗓子改口：

「……只是想做別的事情透透氣。這先不管，現在我們總算可以進入正題了。」

有點牽強地轉移話題之後，她很快地繼續講解：

「我剛剛說過，赫密斯之索沒有餘力追加大規模的監視設備，所以就輪到日本的公共攝影機出場了。這種系統會把透過無數攝影機拍到的畫面，經由專用高速網路集中傳輸給超高規格的超級電腦自動解析，篩選出犯罪徵兆。例如說，要是某處攝影機拍到槍枝，系統就會立刻分析持槍者是誰，從哪裡來，並繼續追蹤這個人要往哪裡去。用來進行這種處理的設施叫『公共安全監視中心』（註：Social Security Surveillance Center，縮寫為SSSC），連這個設施究竟位於日本哪裡都是絕對機密。」

「咦！連學姊也不知道？」

春雪認真問出這句話，讓黑雪公主露出最大規模的苦笑。

「我說你到底把我當什麼人啦？我只是個無力的國中女生耶，怎麼可能會知道這種國家最高機密……但是呢，我也有試著推測過答案啦。」

「在、在哪裡？」

「不告訴你……別說這個了，我剛剛也提過，公共攝影機系統的關鍵概念在於由ＳＳＣ來集中處理自動化影像分析。換言之，不需要用到一般監視系統必須的大型記錄裝置跟操作人員。如果說『低負擔』就是這次赫密斯之索決定採用該系統的理由……那麼太空電梯的攝影機群必然會與日本的公共攝影機網路連線。」

春雪聽得出神，看到黑雪公主像在等他回答似的眨了眨眼，才總算想起她提到的「連線」一詞，正是他這回突發性全感覺通話最主要的目的。

「啊……對喔，呃，有連上這個網路，也就表示……」

他拚命揮舞豬型虛擬角色短短的前肢喊：

「……也就是說有辦法去了？我們有辦法去加速世界裡的赫密斯之索囉！」

「嗯……其實現階段還只能說不是沒有這個可能啦。」

黑雪公主惡作劇地輕笑一聲，以帶著幾分試探的口吻說下去：

「首先，BRAIN BURST終究只是個對戰遊戲，會這麼一板一眼地擴充場地嗎？再者，即使網路有連通，你又打算怎麼過去？我們超頻連線者沉潛之後，原則上都會從現實世界身體所在處登場。也就是說，要到加速世界裡的赫密斯之索，現實世界就得先移動到太空電梯啊。雖然最近已經有旅行社在推銷靜止軌道太空站的行程，但費用可貴得很。」

「……真的是超貴的呢……」

春雪顯得垂頭喪氣。他甚至還考慮過，憑Silver Crow的飛行能力，搞不好可以先從地上沉潛，再一路飛到上空的底端太空站……但還沒說出口就自己駁回了這個想法。Crow飛行的極限高度不過一千五百公尺，相較之下，赫密斯之索的底端有十五萬公尺高，差了足足百倍。

不，先別說高度，憑國中生的零用錢，連太空飛機起降場所在的聖誕島也去不了。

「嗯……到頭來，除非是家裡超有錢的小孩，不然還是沒辦法沉潛到赫密斯之索嘛……」

「我倒覺得，如果現實世界有辦法去，根本不必特地沉潛到加速世界重新建構出來的仿造品裡頭啊。」

「說得……也是啊。」

春雪這次發出失望而非感嘆的嘆息，抬頭看看天空。

哪怕從高度五百公尺的高塔塔頂望去，虛擬的藍天仍然遠得無邊無際。不，憑這種免費公開供人下載的虛擬實境物件組合，即使這個塔的高度增為十倍百倍，終究到不了「天空」。因為這裡的藍天沒有「邊際」，就只是有著淡藍色彩無限延伸的封閉世界。

「……春雪。」

春雪回神一看，正好與黑雪公主那平靜中帶著幾分神祕的眼神交會。

「你為什麼那麼想去赫密斯之索？你明明可以靠自己的翅膀自由飛翔吧？相較之下，太空電梯不就只是個在固定軌道上繞行的人工物體嗎？」

「呃、呃……」

春雪沒料到會碰上這個問題，愣了好幾秒才將心中不明確的思緒化為言語：

「那個，當然我純粹喜歡高的地方也是理由之一啦……還有一點，如果我能去赫密斯之索，也許能小小幫她圓夢。讓長年來一直渴望加速世界的天空，不，是讓渴望『天際之外』的她能夠……」

一聽春雪這麼說——

黑雪公主雙眸微微瞪大，接著垂下長長的睫毛。

隨後從她雙唇中滑落的話，簡直像是尚未化為言語的思念般輕細。

「……這樣啊。」

她喃喃低語，將視線投往淡藍色的天空。

「說得也是……她對天空的熱情，想來到現在都沒有消退。就跟我想升上10級一樣……不，她應該有過之而無不及，滿心只想飛到藍天的另一頭……」

「……是。」

春雪輕輕頷首，再次抬起頭來。

他們說的「她」——就是初期「黑暗星雲」核心成員，8級超頻連線者「Sky Raker」。

她原先隱居在加速世界中的東京鐵塔遺址，過了三年後才重回新生的黑暗星雲——這還是兩個月前的事。

但她不太能算是完全回歸。像今天傍晚拒絕千百合的邀約時也是，她完全不參加正規對戰，只參加每個週末的「領土戰爭」。而且她不上前線，總是在後方待命，專心防守據點。

春雪當然不用說，想來就連拓武跟黑雪公主也對她的作風沒有絲毫不滿。畢竟Sky Raker的移動手段只有輪椅，基本上只能在鋪裝道路或平滑地面上移動。純就防守陣地而言，她那隨心所欲控制輪椅來戲耍敵人伺機使出手刀攻擊的獨特戰法，也打出了漂亮的成績。只要敵人是以近戰型為主，她幾乎百分之百可以保護好治癒師（千百合），即使只再加上一名攻擊手組成三人團隊，也能發揮充分的戰力。

從去年秋天到冬天這段期間，長達一小時的領土戰爭都只能靠黑雪公主、春雪跟拓武三人勉強撐住。跟那時候比起來，如今黑暗星雲的戰力已經獲得了飛躍性的提升，這點毫無疑問。

但有個事實明確存在，只是每個人都不說。

如果Sky Raker解開強化外裝「疾風推進器」的封印，再次將它裝到背上——戰鬥力多半會躍升到現在的數倍、甚至數十倍之多。哪怕少了雙腳，靠推進器噴射的空中衝刺，仍能發揮強大攻擊力，這點已經由曾以這招擊退強大敵人的春雪親身證明過。

但Sky Raker即便拿回了借給春雪的疾風推進器，仍然堅決不肯召喚這件強化外裝，哪怕面臨敗戰亦然。她這麼做，彷彿是在頑固地否定從自身內心塑造出來的「翅膀」。

「我……」

春雪的雙手在圓滾滾的肚子前用力交握，喃喃說道：

「我並沒去想『只要她能再起飛，軍團就會變得更強』這種事。只不過……如果Raker姊不能相信自己的翅膀，我想告訴她這是不對的。我曾經借用過『疾風推進器』，所以很清楚……那件強化外裝的飛行時間確實比不上Silver Crow的翅膀，所以能到達的高度也比較低，但瞬間出力卻比任何一個虛擬角色的加速都要快……所以它一定還蘊含著更多沒有發揮出來的力量。我是這麼認為的。」

春雪絞盡腦汁拚命解釋完，抬起頭來一看，與黑雪公主那對變得格外溫柔，卻又帶著幾分哀切的眼神對望。

鳳尾蝶型虛擬角色緩緩點頭，以平靜的聲音說：

「你相信……只要能帶Raker到赫密斯之索，就能告訴她這點，是吧？」

春雪儘管察覺到自己的話太過浪漫，但還是微微點頭。

「是……當然得要我有想對才行。」

「真是的，你就不能偶爾自信滿滿地斷定一下嗎？」

黑雪公主隨即收起苦笑，深呼吸一口氣後開始講：

「——剛剛我也說過，現實中的赫密斯之索是在一百五十公里的高空繞行。因此，即使新裝設的公共攝影機網路跟日本國內連線，加速世界裡的赫密斯之索應該還是會出現在同樣的高度。這種距離沒有任何一個對戰虛擬角色能到達……然而我認為倒也不是完全沒辦法過去。」

「咦……咦咦？」

春雪發出尖銳的驚呼，往前探出上半身，差點從椅子滾下來。幸好黑雪公主用高跟鞋鞋尖接住了他平扁的鼻頭。

「我只是說有這個可能，你先冷靜點。」

「好、好的……」

「你聽好了，儘管BRAIN BURST最根本的部分非常神祕，但表面上還是一款對戰格鬥遊戲。既然如此，若這個世界追加了新場地，卻沒有一個人能去，你不覺得這種狀況太不合理了嗎？」

說著她得意地一笑，用食指比了個叫人過去的動作。

「既然如此，就算加速世界中悄悄出現了一些只有非常仔細思考並尋找的人才找得到的移動方法，也沒什麼不可思議的。」

「悄悄出現……是嗎？」

「一般ＲＰＧ裡不是也很常見嗎？像是會有些寶箱乍看之下拿不到，但只要仔細觀察地圖，動動腦筋，就會找到可以過去的路。」

「啊，有有有，我最喜歡這種的了。」

春雪先對黑雪公主的比喻連連點頭，接著仔細觀察黑雪公主畫出來的模型圖。

「呃……會在種子島的太空中心嗎？」

但這個意見立刻被她甩動黑髮駁回：

「不，既然百分之九十九的超頻連線者都待在東京，傳送門應該也會設在東京才對。」

「可、可是，東京根本就沒有火箭發射台啊！」

聽春雪這麼說，黑雪公主露出得意的笑容。

「如果我們的虛擬角色是以現實物質打造出來的，也許就會需要火箭。但事實上並不是這樣吧？虛擬空間裡的分身純粹是由『資料』組成，而東京應該有全日本最大規模的資料傳輸設施。」

「啊……」

春雪茫然地瞪大眼睛，上氣不接下氣地說：

「東、東京……通天樹……」

「嗯。我認為，若赫密斯之索成為新的對戰場地，那麼通往該處的傳送門只可能出現在通天樹。而出現時機……應該就在裝設公共攝影機後，赫密斯之索首度最接近日本的瞬間……」

黑雪公主關掉模型圖視窗，打開瀏覽器迅速操作，顯示出一個英文畫面，看起來像是赫密斯之索的官方網站。她絲毫沒有遲疑，接二連三順著連結點選下去。

沒多久，畫面上出現一張世界地圖，黑雪公主用手指沿圖上的波狀線劃過，以斷定的口吻宣告：

「比我想的還快啊。就在後天……星期三，六月五日的下午五點三十五分。」

4

梅雨鋒面似乎決定稍事休息，讓星期三成了久違的大晴天。

直到第六堂課結束，天空還是只飄著幾朵積雲，春雪背對開始傾斜的太陽，快步走向高圓寺車站。

他的目的地當然是東京另一邊——墨田區押上的新東京鐵塔，正式名稱為「東京通天樹」。約兩小時後，通天樹的特別展望台上將開啟通往太空電梯「赫密斯之索」的傳送門（Portal）……至少有這個可能性。

整件事源自春雪那幾近痴人說夢的突發奇想。事實上，當他去觀看杉並區與新宿區的對戰時，也沒有任何一個超頻連線者談到赫密斯之索的傳聞。就連推測傳送門開通地點與日期時間的黑雪公主，也在兩天前的全感覺通話結束之際補上一句：「就算撲了個空，你也別太失望啊。」

既然如此，至少也可以順便來一趟平常不會做的「東京東區遠征」……遺憾的是拓武跟千百合都要參加社團，黑雪公主這陣子也為了準備校慶而成天待在學生會，春雪自己又沒有膽量在陌生的區域找人單挑。

「……算了，要是真的撲空，就去逛逛秋葉原的老遊戲專賣店好了。」

於是，春雪只好落寞地這麼自我安慰，坐上中央線電車。

他在錦系町車站換搭半藏門線，於押上車站下車，此時街景已經染上晚霞的色彩。

在人行道上打轉的春雪看到空中那物體時，立刻發出了讚嘆聲。

在東京住久了，反而不會去逛所謂的「東京名勝」，所以這回是他第二次到東京通天樹。桁架結構的巨大高塔在夕陽照耀下發出金色光輝，尖銳聳立的模樣就像座直通天上的梯子。

建築全長六百三十四公尺，底部邊長七十公尺。儘管建設完成以來已經過了三十五年，這座電波塔至今仍是全日本最高的建築物。春雪在原地看著這雄偉的模樣看得出神，好一會兒之後才趕忙走向高塔，在入口處付了國中生的票價，搭上高速電梯。

電梯包廂伴隨著強勁的加速度上升，令春雪全身立刻籠罩在一種與在虛擬世界垂直起飛時不太一樣的昂揚感中，於是他跟前天坐電梯直上都廳展望台時一樣，不由得整個人趴到玻璃牆面上。要是千百合在身邊，肯定會用不敢領教的語氣說：「你還真喜歡高的地方呢！」

十幾秒後，電梯抵達展望台，吐出春雪跟其他幾名觀光客。

春雪忍著想立刻跑向窗邊的衝動，先掃視周圍。由於現在是平日傍晚，整層樓看不到幾個未成年身影。就算有，也只是狀似約會的大學生或父母帶來的幼兒。乍看之下，不曉得有什麼目的，獨自一人站在原地的中學生——也就是「比較像超頻連線者的人」——目前並沒有出現在視野之中。

當然他也可以將神經連結裝置連上設施內的區域網路，然後加速查看對戰名單，但在封閉式網路內做出這樣的舉動，多少有些暴露現實身分的風險。而即使在名單上找到其他超頻連線者的名字，唯一能做的事也只有找對方對戰，但這並非他今天來這裡的目的。

因此春雪只用視線掃瞄過寬廣的展望台，之後就往西側窗邊走去。

儘管高度絕對比不上新宿都廳展望台，然而傍晚天空下那一望無際的首都景色，仍有著壓倒性的震撼力。整個平面上鋪滿了米粒般細小的小型建築物，四處還可以看到有高樓大廈鶴立雞群地突起，彷彿成了一塊老式的電路板。

視線筆直朝前望去，能看到富士山壯麗的輪廓淡淡地出現在魔都彼方。左上方則可以看到慢慢朝地平線落下的太陽，外圍還有著黑黑的雲層，想來明天多半又會下雨。

春雪的臉繼續往上抬，讓從橘紅轉為淡紫的天空色彩佔滿整個視野。噴射機的防撞燈眨眼似的閃爍，遊覽飛船則悠哉悠哉地飄在空中。

——現在這一瞬間，全長四千公里的人工物體正以10馬赫的極音速從遙遠的高空接近。

想到這裡，春雪發出讚嘆的聲音。

——世界是那麼寬廣、那麼巨大。一切都太巨觀了。

我之所以喜歡仰望天空，一定就是想嚐嚐這樣的感覺。想嚐嚐這種又胖又自卑的自己相對變得微觀，變得一點都不重要的感覺。說來，這應該是種逃避現實的行為。

變成Silver Crow飛行時一定也是。那一瞬間，我能用全身感受到加速世界的無邊無際。跟加速世界裡空間與時間上的「無限」相比，就連我那一大堆煩惱，也不過是地面上一閃即逝的火花。只有在接觸到天空時，我才能相信這一點。

可是……

那麼妳之前，不，為什麼到現在妳仍然嚮往天空呢？妳應該跟我不同，不是為了追求那種剎那的解放感。如果只是如此，憑妳現有的能力（疾風推進器）也很夠。到底為什麼……天空中，到底有什麼妳想要的東西……？

春雪心中低語的疑問，當然是針對另一位「師父」Sky Raker所發。

而春雪也隱隱約約猜測過這個答案。當然他不知道這答案正不正確……不，這問題沒有對錯可言。只有當Raker再次張開自己的雙翼飛上天空，答案才會出現。

所以，現在春雪來到通天樹等待傳送門出現的舉動，也許完全是白費工夫。一旦Raker用她一貫的平靜笑容搖搖頭說：「我不打算去。」那麼事情就到此結束。

但春雪認為這樣不對。無論內心有多麼深切的傷痛，Sky Raker終究是一名超頻連線者。既然如此，一旦知道加速世界裡出現全新空間，而且還是座架往天空長達四千公里的橋，必定會不由自主地興奮起來。

就跟此刻心臟不由得越跳越快的春雪一樣。

他看著傍晚的東京都心景色出神，不知不覺時間已經過了五點半。黑雪公主精確預測出的傳送門出現時刻是五點三十四分四十二秒。這一瞬間，就是以赤道為中心沿波狀軌道飛行的赫密斯之索最接近東京的時刻。

春雪心浮氣躁地等了幾分鐘，在預定時刻的五秒前將神經連結裝置連上全球網路。

他在三秒前深吸一口氣，並於兩秒前用力閉上雙眼。一秒前，再以只有自己聽得見的音量喊出：

「超頻連線！」

啪————！

熟悉的加速聲響拍動全身。

他緩緩睜開眼一看，四周已凍結成藍色的「起始加速空間」。舉凡窗外的都市景色、展望台的地板與柱子，以及三三兩兩的觀光客，全都成了透明的水晶狀物體靜止不動。

春雪以粉紅豬虛擬角色的模樣，悄悄離開自己在現實世界中的身體。他先往後退了兩步，接著猛然轉過身去。

寬廣的展望台正中央，本來是個集合了咖啡廳與紀念品商店的空間，然而現在這些攤位全都消失得無影無蹤，只剩一大片空曠的平面。

不管怎麼用力看都沒用，別說傳送門了，連個開關都不存在。春雪在原地呆站了將近十秒，這才吐出一口憋了許久的氣。

——看來「宇宙場地」果然只是個幼稚的空想啊。

正當春雪在心中自言自語，即將癱坐在地之際。

忽然一陣強烈的光芒與震動聲響打在虛擬角色身上，讓春雪不由得跳了起來。他抬頭一看，發現寬廣的平面正中央開始湧出一個巨大的物件。

畫出寬大弧線的樓梯一階階從地板上隆起。圓形舞台則由彼端旋轉登場，還有六根較細的圓柱排成正六邊形屹立不動。

六根透明柱子裡封有不停脈動的藍色光芒，帶著柱子正中央無數發光粒子往垂直方向同步升起，直衝到天花板附近，發出美麗而燦爛的光輝。

「……這就是……通往赫密斯之索的傳送門……」

春雪站起身，以沙啞的聲音自言自語。他已經把不久前的失望忘得一乾二淨，讓豬型虛擬角色用力握緊右手。推測果然沒錯，剛剛是哪個傢伙說這是幼稚的妄想啊？

他就以長著豬蹄的腳奔向階梯，從低沉震動聲嗡嗡作響的六根柱子間穿過，跑向圓形舞台的正中央，沒有一絲畏懼或猶豫。

他併攏雙腳跳出最後一步，但這雙腳卻再也沒有碰到地板。

「嗚哇……？」

春雪看見自己的豬型虛擬角色被分解成無數發光粒子，忍不住叫出聲來。不，這不叫分解，應該稱作還原。這些白色粒子全都是以細小的數位程式碼構成，證明了這是虛擬分身還原成資料數據時所發生的現象。

才剛有這樣的認知，緊接著——

春雪的意識便感覺到自己正以猛烈的速度垂直上升，但起飛時應有的Ｇ力卻完全不存在，就只是化為一道沒有質量的光，穿透通天樹頂端朝天空飛去。

視野一片全白。

感覺只中斷了短短幾秒。

首先春雪聽到雙腳碰上平面所發出的堅硬碰撞聲，接著身體的重量忽然恢復，讓他不由得單膝跪地。

他維持蹲低的姿勢，戰戰兢兢地睜開雙眼。

首先看到的，是視野左上方的ＨＰ計量表。春雪內心一驚，伸出自己的手端詳一番——那五根發出銳利銀光的手指，毫無疑問屬於熟悉的「Silver Crow」。

明明沒開始對戰卻變成對戰虛擬角色，該不會這裡是沒有規則的「無限制中立空間」？春雪心頭一驚，但隨即發現綠色ＨＰ計量表中央顯示著一個英文單字：【LOCKED】。

春雪先是一愣，接著歪頭苦思了半天，決定先不管這件事。他深吸一口氣，抬起臉來。

接著忍不住大喊：

「嗚……哇啊啊啊啊！」

上身後仰的力道太強，讓他鏗一聲坐倒在地。但他也沒有意識到姿勢有多難看，只顧著凝視眼前的光景。

春雪所坐的金屬地板只延伸到短短一公尺前，再過去只有天空、白雲，以及下方的地表。照理說擁有飛行能力的春雪應該早已看慣這景象，然而眼前規模完全不同。因為這裡實在太高了，應該有Silver Crow極限飛行高度的好幾倍……不，應該是好幾十倍。天空染成一片蔚藍，雲層在遙遠的下方排出長條形與巨大漩渦，海是一整片藍，陸地則是模糊的咖啡色與綠色。若從這種地方掉下去，多半在墜地前就會先因為跟大氣摩擦而燒成灰燼。

春雪忍不住蹭著腳步後退，直到遠離了沒有任何東西可抓的邊緣約三公尺，才總算吐出憋了許久的一口氣。接著他縮著身體站起，開始環顧左右。

灰色金屬露台形成寬廣的圓形，目光若沿著線條移動，便會自然地轉過身去。結果——

他看到環狀露台正中央有著彎曲的牆壁。

不，那不是牆壁，是柱子。一根直徑恐怕有一百公尺的巨大柱子垂直往上延伸，而春雪就站在這根柱子底端顯得稍粗一些的環狀部分。

「這就是……赫密斯之索……？」

春雪以耳語般的音量自言自語，茫然地仰望這彷彿諸神居住的巨塔般雄偉的建築物。有如不銹鋼般反射出朦朧光芒的金屬柱子，朝著從蔚藍轉為深藍的天空遠方無限延伸，完全看不見融入景色之中的另一端。

現實世界中的太空電梯，應該是由數根以CNT纖維揉合而成的纜繩搭成，直徑頂多兩公尺左右，與其說是柱子，還不如說是纜繩比較貼切。

但春雪眼前這個由加速世界重現的物體已經不能說是柱子，而是一座直徑一百公尺，浮在數千公里高空的超大規模高塔。到底為什麼要把規模擴大到這種地步呢？

他怎麼想也想不出答案，但現在這些疑問都顯得無關緊要，「宇宙場地」真正存在才是最重要的。不，現在自己所站之處或許應該叫「超高空場地」才對。那麼，是否只要爬上這巨大的高塔，就有真正的宇宙空間等著自己呢……？

「比想像中大得多。」

聽到這個來自右側的聲音，春雪點點頭說：

「是啊……跟這裡比起來，通天樹不過是根牙籤……」

「表層幾乎沒做出任何細節，不知道有沒有內部構造？」

「可是，完全看不到像入口的地方啊……等等。」

春雪全身一顫，表演出僵直身體跳躍的高難度動作，接著右轉九十度大喊：

「哇！是、是是是是是誰誰誰誰誰啊？」

是誰？什麼時候來的！

他本想犀利地喝問對方是誰，但發出的卻是一串奇妙的聲音。而這個從極近距離低頭看著春雪，面無表情的輪廓——

苗條的暗紅色身體，大腿與下臂十分強健，手上有銳利的爪子，尾巴的動作強而有力。

而且，面罩上有著從後腦突出的三角形耳朵與發出金光的雙眼——錯不了，這是春雪接觸過本人的近戰型對戰虛擬角色中，某位擁有頂級實力的人。

「Pa……Pa、Pard小姐！妳、妳妳妳為什麼會在這這這這裡？」

這位「Pard小姐」，也就是紅色軍團「日珥」旗下的六級超頻連線者「Blood Leopard」。她只是輕輕聳肩回答：

「跟你來這裡的理由一樣。」

「咦……」

看到對方若無其事的樣子，總算稍微冷靜下來的春雪才恍然大悟。

傳送到這裡絕非春雪的特權。凡是知道赫密斯之索採用公共攝影機的消息、想到加速世界追加新關卡的可能性，並推測出傳送門出現地點及時機的超頻連線者，全都可以來這裡。

知道有別的玩家跟自己一樣突發奇想，還實際來到這通天樹，讓春雪覺得有點欣慰，朝她露出笑容。但隨即想到另一件事，全身又僵硬起來。

也就是說，隨時都可能有新的虛擬角色陸續出現。春雪趕忙四處張望，但看不出有第三人現身的跡象。

看到春雪事到如今才開始膽戰心驚，Pard小姐有點看不下去地對他說：

「你之所以能第一個進傳送門是因為你太大膽，竟然在展望台加速。我是從樓下的廁所沉潛進來，才會慢了一步。其他人多半是以防止洩漏現實身分為第一優先，得從地面上趕來，所以應該還有幾分鐘的空檔。」

「啊……啊啊，對喔，說得也是……」

春雪現在才為了自己的莽撞而嚇得一身冷汗，並重新好好打個招呼：

「妳、妳好，午安。」

接著，他對擺開右手的Leopard鞠躬說：

「那個，上次承蒙關照了。事後只寫郵件聯絡沒直接登門道謝，真的很不好意思……」

兩個月前春雪碰上了一個巨大麻煩，承蒙Pard小姐大力相助，這番話就是為此道謝。豹頭虛擬角色聳聳肩，以難得的長台詞回答：

「ＮＰ。當時你也幫了我們很大的忙，你提供的情報，對於找出秋葉原ＢＧ的安全漏洞非常有幫助。話說回來……」

她在春雪背上拍了一記，催促對方移動。

「難得的領先優勢要好好利用。繞柱子一圈檢查看看。」

「Ｋ、Ｋ是也。」

在自己之後出現的人物，是雖然屬於不同軍團卻關係良好的Blood Leopard，這點讓春雪覺得十分慶幸。換作是Frost Horn，肯定二話不說就從身後抱起春雪往地表摔吧。

兩人穿越寬度約有二十公尺左右的環狀走道，來到赫密斯之索本體所在的柱子前用手實際摸摸看，發出合金般光澤的表面沒有任何變化。雖然上頭有著金屬板接縫之類的細部構造，但實在找不到任何可以用來攀爬的落手處。

Pard小姐以利爪在柱子上一抓，確定柱子硬得抓不出任何痕跡之後，立刻開始往右繞行，春雪也跟了過去。畢竟這根柱子直徑長達一百公尺，光是延著彎曲表面繞一圈都十分費事。好不容易看到傳送位置的另一邊，春雪發現那裡有東西存在，立刻喊道：

「啊……那邊有東西！」

他踩著金屬聲響的腳步跑去。

這種物件乍看之下既像車又像船。全長約六公尺的流線型載具整整齊齊地排列在柱子下方的傾斜台面，指向赫密斯之索的頂端。數量共有十架。

這種載具沒有頂蓋，座位完全採敞篷式設計。最前面是設有透明防風罩的單人用駕駛座，後頭則有兩排兩人座的座位。本體下方裝設有四個作為輪胎的圓盤，想來應該是某種推進裝置。流線型的輪廓實實在在體現出「梭子（太空梭）」的造型。

「這、這什麼玩意兒……」

春雪邊自言自語邊爬上斜台，走近某輛停放在最左端且側面漆有「1」字樣的載具。毫無修飾的鐵灰色機體冰冷地保持沉默，看起來不像有發動。

他戰戰兢兢地伸出手去，戳了戳車門那流線型的形體，緊接著……

輕快的叮咚聲響起，跳出一個紫色的對話框。春雪嚇了一跳，趕忙仔細查看，Pard小姐也從旁把臉湊過來。

視窗最上方以無機質感的字形寫著——

這排文字寫著【3D 18H 25M 18S(JST)】。想來應該是依序標註日、時、分、秒，顯然是某種東西的倒數計時。

「唔，如果說這是在倒數計時，數字會在日本標準時間（JST）三天又十八小時二十五分鐘後歸零……正好是星期天正午。」

聽Blood Leopard這麼說，春雪開口問：

「到時會發生什麼事……？」

但Pard小姐沒有回答，而是用她那狀似貓科猛獸的手指朝視窗下方一指，上面也寫著一個短短的句子：【DO YOU DRIVE ME?】

更下面只有個寫著YES的按鈕。這句簡單的英文意思是「你要駕駛我嗎？」春雪看得懂，但猶豫著不知道該不該按，結果急躁星人Pard小姐在他耳邊說道：

「你不按我按。」

「啊，我按我按。」

春雪連忙回答，並舉起右手碰向YES按鈕。

霎時，簡短的喇叭音效響起，文字變了。【YOU ARE MY DRIVER!】——你是我的駕駛。

幾秒鐘後，字串又有了改變，只剩下一個單字：【RESERVED（已預約）】。同時視窗表面慢慢浮現出一個物件。

那是張晶瑩剔透的藍色卡片。上面除了「1」的字樣之外，還顯示著跟眼前視窗同樣的倒數。春雪一拿起這張卡片，最後的現象便隨之發生。

流線型機體應聲從濛濛鐵灰色轉為耀眼的銀色。春雪立刻發現這鏡子般的色澤跟自己，也就是跟Silver Crow的裝甲一模一樣。

「原來如此啊。」

Pard小姐豁然開朗地喃喃自語，走向漆有「2」字樣的飛梭，接著觸摸機體叫出視窗，毫不猶豫地點下ＹＥＳ按鈕。她用兩根手指夾住出現的卡片之後，機體顏色一口氣染成深紅——也就是Blood Leopard的裝甲顏色。

春雪拿著卡片走向Pard小姐，鄭重問道：

「請、請問一下……我跟Pard小姐已經註冊成這不知道是車還是船的駕駛……這點我是隱約看出來了。可是這個倒數計時又是怎麼回事？看起來還有三天以上……」

「簡單，直到星期天正午倒數到零為止，這些飛梭都不會動。」

這明快的回答讓春雪點頭稱是，接著他又湧起下一個疑問：

「這樣啊……可、可是，為什麼要等那麼久……」

他這麼一問，Pard小姐難得張開隱藏在砲彈型面罩下的嘴，露出銳利的牙齒笑說：

「這也很明白。系統給予三天半的時間，是為了讓十架飛梭都能湊齊一名駕駛跟四名乘員。到了星期天正午，我們就要同時踩下油門，朝這根柱子的頂端前進。也就是說……」

深紅的豹頭虛擬角色舉起右手指向遙遠的天頂，以唱歌般的語氣說：

「也就是說，我們得到了參加『赫密斯之索縱貫賽』的權利。」

春雪花了整整五秒，才聽懂這句話的意思。

「這……也、也就是說，終點是在這座高塔的頂端，也就是，太太太太空？」

春雪以顫抖的聲音問完，Pard小姐裡所當然地點頭回應。

但她還來不及再說什麼，柱子另一頭就接連出現傳送聲。想來應該是一群從地上樓層加速的超頻連線者抵達了展望台上的傳送門。

Pard小姐長尾巴一甩抵在春雪背上，悄悄說道：

「最好趁被發現前快閃。」

的確，飛梭只有十輛，所以頂多只能再讓八個人註冊為駕駛。要是沒搶到資格的人提議用對戰來決定權利歸屬，事情可就麻煩了。

「說……說得也是。」

春雪壓抑住心中的震驚，決定先表示同意。

「停止加速後到地上停車場出口等我，我用機車送你回杉並。」

「咿……」

春雪再度全身僵硬，現實世界中Pard小姐那台大型電動機車的凶暴馬力浮現在他腦海中。

但春雪當然沒有膽量婉拒，只好連連點頭說：

「謝、謝謝謝謝妳，這樣可省事了。」

「NP。」

接著兩人異口同聲唸出了指令：

「『超頻離線！』」

所幸——也不知道該說幸運還是遺憾——在現實世界中好久不見的Pard小姐，身上穿的並不是蛋糕店的女僕制服，而是貼身T恤跟窄身牛仔褲。

她穿著寬鬆圍裙時看不出來，但現在貼身布料擠壓出意想不到的份量感，讓春雪不由得視線亂飄。Pard小姐面無表情，從座位下的行李箱拿出預備的安全帽輕輕戴到春雪頭上，接著跨上機車。這次春雪自己繫好了安全帽扣，連忙爬上後座，雙手戰戰兢兢環上眼前苗條的腰身。

剛開始他還想放輕力道，但出了通天樹停車場之後，機車的輪內馬達立刻發出咆哮聲，緊接著……

「……啊——！」

春雪還是跟上次一樣，只能在慘叫聲中猛力抓住Pard小姐的身體。只是話說回來，每當遇到紅燈時就會反覆一次那激進到了極點的急停&加速，讓春雪光是忍耐就已經竭盡全力，根本沒有心思去接收其他的觸覺資訊。

從墨田區經過御徒町、御茶水，來到飯田橋之後，春雪的聽覺接收到了Pard小姐的聲音：

『離十八點還有五分，有空嗎？』

『咦，有……有的。』

春雪母親設定的門禁時間是晚上九點，所以還有一段時間。她之所以允許春雪在外頭待到這種對國中生來說不甚恰當的時刻，究竟是出於信任還是單純嫌麻煩不想管，春雪自己也說不準。只要嚴重超過門禁時間一次，就可以從她有沒有生氣來推知這個問題的答案，但春雪當然沒有這種膽量，於是他補上一句說明：『大概還可以再待兩個小時。』

Pard小姐聽了之後以覺得誇張的語調說：

『喝個茶喝那麼久，人都會溶掉了。』

咦、喝、喝茶？

還來不及細想，大型機車已經閃動方向燈，騎進一家路旁的速食店。

春雪這八個月來，跟黑雪公主已經來這種店二十次以上，跟Sky Raker也來過一次，但他絲毫沒能習慣這樣的狀況，每次都覺得周圍的人們以寫著「這一點都不登對的組合是怎麼回事？」的視線照射自己，總是直冒冷汗。

春雪努力說服自己那不過是自作多情，根本沒人會去注意其他人在做什麼，同時在四人座上跟Blood Leopard面對面坐下。春雪集中全副精神猛啃她請的照燒漢堡套餐，想藉此從意識中阻隔周圍客人的存在。

眼看這招就要成功，但沒過多久……

Pard小姐從腰包拿出紅色的XSB傳輸線，探出上半身，將一邊接頭往春雪的神經連結裝置上一插，接著面無表情地將另一頭接在自己的裝置上。

就算是視野中出現的有線式連結警告，也遮不住店內多名國高中生顯然正看著自己竊竊私語的光景，到頭來春雪還是縮起脖子，冷汗直流。

直連傳輸線的長度代表兩人交往的進度——Pard小姐顯然根本不在意這種說法，春雪卻沒辦法看得這麼開，忍不住以混著慘叫的思考發聲問道：

『請、請請請問一下，為為為什麼要直連？』

這答案就再單純不過。

『因為這樣可以邊吃邊說話。』

春雪唯一能做的就是回答：『……說得也是。』

Pard小姐說到做到，表演起大口吃漢堡同時經由傳輸線說話的高等技巧。這看起來簡單，但嘴上的動作其實很容易被說話帶動，所以咬到舌頭的風險很高。

『星期天的比賽，你知道要怎麼沉潛到場地嗎？』

聽她突然這麼問，春雪停下咬著薯條的嘴回答：

『咦……不是要再跑一趟通天樹的傳送門嗎？』

『不用這麼麻煩。註冊成駕駛時拿到的卡片，是種叫做「輸送卡」的物品，最多可以同時傳送十個跟你直連的超頻連線者過去。』

『是、是喔……那我們只要在杉並區集合用這張卡片，就能一口氣抵達赫密斯之索？』

『Ｙｅｓ。』

這種設計幫了大忙。黑雪公主可是受到生死戰規則束縛的9級玩家，若她也要參加比賽，哪怕只有一瞬間，讓她在遙遠的墨田區連上外界網路仍然太冒險。

春雪鬆了口氣，先咬起漢堡，接著才感受到一個根本性的疑問湧上心頭。從通天樹跳進傳送門直到現在，他一直被狀況牽著走，現在才想到……

『……話說回來，為什麼突然要辦賽車？那種飛梭應該不是由玩家，而是由系統……也就是BRAIN BURST的管理者方面提供的吧？我當上超頻連線者已經有八個月左右，從來就沒聽說過有這種ＧＭ辦的活動……』

Pard小姐想了大約零點五秒之後回答：

『的確，ＢＢ的管理者平常根本不見蹤影，可是當加速世界進行大規模升級時，就會像這

次一樣舉辦當日限定的活動。舉例來說，前年「東京城堡樂園」開業時……』

東京城堡樂園是座蓋在港灣區的大規模主題樂園。在這個全感覺沉潛技術的全盛期，他們還特意以「真實」為主題，用真正石材建造中古歐洲風的城郭都市，帶來不少話題。

『……那裡的公共攝影機網路開始上線的當天，加速世界裡舉辦了一個活動，讓玩家設法突破佔滿整個都市的大群怪物，朝城堡裡的王座前進。我那隊當時本來快贏了，結果被藍色隊伍拖了大群怪物過來同歸於盡。若下次再遇到Horn那傢伙，我可不會白白放過他。』

看到Pard小姐雙眼燃燒著熊熊烈火，春雪不由得縮起脖子，好不容易才出聲回答：

『原……原來如此。那這次的比賽也是……也是所謂的「新關卡上線紀念活動」對吧？也就是說，比賽只會舉行一次……？』

『八九不離十。』

那麼，能搶到僅有十架的飛梭其中之一實在是非常幸運。春雪忍不住在內心裡大喊一聲「Mega lucky！」接著趕緊拋開這個念頭。他之所以前往赫密斯之索，朝太空電梯頂端前進，絕對不是為了搶下公開活動的參賽權，而是無論如何都要把某個想法傳達給她——Sky Raker。

——話是這麼說沒錯，只是……

總不能連基本知識都不知道吧？於是春雪戰戰兢兢地將疑問順著直連線路傳輸過去：

『Pard小姐……請問一下，既然是比賽，那如果拿到前兩名，是不是會有，這個……』

『當然有。』

Blood Leopard沒讓春雪說到最後，很乾脆地點點頭。

『多半有準備相當多的超頻點數，再不然就是有提供強化外裝或其他道具當作獎品。』

『是……是喔，這樣啊？』

春雪試圖裝作鎮定，喉嚨卻忍不住吞了口口水，讓Pard小姐微微苦笑。她整整齊齊地折好轉眼間已吃完的漢堡的包裝紙，以極為平靜的思緒說：

『最好別期待太多，數字絕對不會大到能顛覆軍團之間的實力均衡。別說這些了……』

「日珥」的幹部先頓了一頓，甩動辮子問道：

『你們軍團的五個人全都會參賽嗎？』

『咦……呃，畢竟飛梭可以坐五個人……』

春雪正要點頭，說到這裡卻突然定格。

即使交情再好，還騎機車接送自己又請吃漢堡，但Pard小姐終究不是「同一國的夥伴」。她是將來難保不會跟黑色軍團敵對的紅色軍團主力成員，讓她知道處於生死戰規則下的黑雪公主動向真的好嗎？

Pard小姐多半立刻看穿了春雪的猶豫，隨即輕輕搖頭。

『我並不打算趁機拿下黑之王的首級。再說活動期間HP計量表都會鎖定，就算想這麼做也辦不到。

『鎖、鎖定……？』

春雪複誦一次，才想起有這麼回事：剛才被傳送到赫密斯之索時，自己的ＨＰ計量表上確實清清楚楚地刻著【LOCKED】字樣。

『呃、呃……也就是說，在比賽期間沒有人會受傷，也沒辦法傷人？』

對這個問題，Pard小姐略加思索，隨即點點頭說：

『Ｙｅｓ。』

『那麼，為什麼飛梭要另外載四個人？我還以為這是為了攻擊或防禦其他隊……』

『這個問題的答案也是Ｙｅｓ。我想，飛梭本身應該也有設定ＨＰ計量表，變成零就會損壞。我剛剛說過的東京城堡樂園活動也是一樣，說得精確點，當時每一隊都會拿到一顆寶珠，得把寶珠帶到城堡最頂樓的王座去。雖然系統上設定玩家本身不會死，但是怪物或其他隊的攻擊卻可以削減寶珠的ＨＰ。』

Blood Leopard這番話讓春雪佩服地連連點頭。有這樣的設計，哪怕ＨＰ計量表受到保護的情形玩起來多少有點太溫吞，應該還是可以展開一場精彩刺激的比賽。

『原來如此……是這樣設計的啊，那我想我們軍團應該是五個人都會參加。不過……妳為什麼問這個？』

春雪睜大眼睛，眼前的Pard小姐難得欲言又止。

但她的猶豫只維持了短短一秒：

『加速世界裡，有兩個人對我來說很重要。』

平靜的思念從紅色傳輸線傳來：

『一個是我的王，我無論如何都要保護她。另一個則是我永遠的勁敵，我倆幾乎同時成為超頻連線者，也交手過不知多少次，人們稱她為「超空流星(Strato Shooter)」、「ＩＣＢＭ」……』

春雪立刻猜到這些綽號指的是誰。

『……是Sky Raker姊……？』

Blood Leopard輕輕點頭回答春雪。

『聽說她回歸時我好高興。可是她只參加領土防衛戰，所以我還見不到她。』

『啊……對、對喔，說得也是。』

現在紅色軍團「日珥」跟黑色軍團「黑暗星雲」無限期停戰，因此身為紅色軍團主力的Pard小姐自然不能參與進攻杉並區的戰鬥。

春雪深吸一口氣，難得地正視對方的眼睛說話：

『其實，我也有個理由，無論如何都得帶Raker姊去赫密斯之索。所以就算她沒興趣，我也打算努力說服她。我想到了星期天，妳一定見得到她。』

『是嗎？』

Blood Leopard的回答雖然簡短，嘴邊卻露出淡淡的笑容。她慢慢地、深深地點頭說：

『謝謝你，Silver Crow，我很慶幸能跟你說這些……搞不好，其實不是兩個人，而是三個人才對。』

——很遺憾，春雪完全聽不懂她這句話的含意，因此想也不想就冒失地問了出來：

『妳、妳說什麼？妳說三個人怎樣……是說誰？』

Pard小姐很乾脆地拔掉直連傳輸線，彷彿在對他說：『不告訴你。』

春雪再次搭乘她的機車回杉並區，目送逐漸遠去的車尾燈消失在視野之中，這才模模糊糊地開始思考。

超頻連線者總數約有一千人，幾乎全住在東京。人數多成這樣，實在不可能記住每個人的名字，而且大部分人都只是互相爭奪超頻點數的關係——即使如此，對戰打久了，多半還是會產生「敵對」以外的關係。仔細想想，自己獨一無二的好搭檔拓武——「Cyan Pile」，剛遇到時也是不折不扣的敵人……

一張張臉孔在春雪腦海中閃過。包括了以黑雪公主為首的軍團同伴、仁子跟Pard小姐、互為好對手的Ash Roller，至於Frost Horn他們勉強也包括在內。

要當上10級超頻連線者，等於要拉下其他超頻連線者。想來這多半正是神祕開發者的意圖：讓一千個年輕人互相鬥爭，從中選出一個最完美的。

然而，即使如此，過程中還是會產生憎恨以外的感情，相信這點就連開發者也沒辦法阻止。Blood Leopard會那麼關心從未待過同一個軍團的Sky Raker，就是最好的證明。

——我也想這樣。

春雪朝自己家走去，心中堅定地想著這個念頭。

——哪怕輸得再慘，懊惱得哭出來，我都絕對不會憎恨對手。因為我愛這個遊戲……我愛加速世界。因為我比任何人都更慶幸自己當上超頻連線者。

——真的？真的只是這樣？

腦子裡突然有著聲音提出質疑。

同時幾個影子迅速在腦中螢幕上閃現。彷彿只用鐵架組合出來的紅鏽色虛擬角色、由幾張漆黑薄膜排成的積層虛擬角色，以及——已經永遠消失，有著球面護目鏡與長鉤爪的夜暮色虛擬角色。他們是「加速研究社」的成員，認定BRAIN BURST不是對戰格鬥遊戲，而是思考加速工具，只為了獲得與利用點數而活動。

這兩個月來，他們在台面上沒有任何動作，但想來應該沒有就此消滅，而是潛伏在加速世界之中，虎視眈眈地伺機反撲。

——你能原諒那些傢伙嗎？他們那樣傷害、折磨你的好友，你能放下對他們的憎恨嗎？

春雪沒有發現，在腦中迴盪的聲音不知不覺間已不再屬於自己，而是種帶有扭曲金屬質感的陰森嗓音。背脊正中央的刺痛感讓他皺起眉頭，踩著暴躁的腳步走進自家大樓之中。

——那種傢伙當然該恨，當然該任憑憎恨驅使打垮他們。解放你所有的憤怒、憎恨跟厭惡，破壞一切。你有這個能力。你能扯下他們的手腳，吃他們的肉，喝乾他們的血。沒錯——吃掉。吃掉。吃掉。吃……

「……少囉唆！」

春雪深深低頭，壓低聲音大喊。他站在購物商場正門不動，大樓住戶跟來買東西的顧客一臉嫌礙事的表情繞過他。

他覺得自己在無數往左右流開的鞋子裡，看到了發出夜暮般紫色光芒的鉤爪，於是用力閉上雙眼，堅定地告訴自己：

——要是他們再出現，我會跟他們戰鬥。但這不是因為我恨他們，而是因為我愛加速世界，因為我相信裡頭存在著敵意以外的羈絆。我會為了保護這些而戰。

——真的嗎？

說完這句話，那像是金屬彎折聲般的話音就此遠去，背上刺痛也慢慢淡去、消失。

春雪呼出一口長氣，汗濕的手掌在褲子上擦了擦，也不抬起頭來，就這麼踩著沉重腳步往無人的自己家走去。

5

「ＨＥＹ、ＨＥＹ、ＨＥ——Ｙ！」

喊叫聲在戰場上迴盪。

同時Ｖ型雙汽缸引擎發出粗重的咆哮，接著傳來輪胎在原地轉動摩擦的尖銳聲響，以及某人的大聲嚷嚷：

「這種Cheap的牆壁Never擋不住大爺我的啦！」

「不會吧？」

春雪趕忙環顧四周。「風化」場地特有的各處白化建築都已崩塌，斷垣殘壁形成了路障。他與在稍遠處應戰的拓武，利用這個場地中地形地物非常脆弱的特徵，故意不斷破壞建築物，堵住每一條道路。

這麼做的目的，是為了削弱領土戰爭進攻方中那位機車手「Ash Roller」的機動力。戰術成功了，從前線到後方Sky Raker防守的據點之間，已經沒有任何路可以讓機車通過——本來應該是這樣。

「他、他跑到哪裡了？」

春雪拚命尋找轟隆巨響的來源。

幾秒鐘過後，春雪輕易地找到了目標，卻沒立刻行動，而是瞠目結舌地愣在原處。

閃耀著金屬光澤的美式機車，正從四線幹道對向車道上從右往左移動，但速度實在太慢。這不是因為他試圖繞過堵住道路的斷垣殘壁——堆到將近兩公尺高的土石根本沒有地方可以繞過——而是因為機車被扛了起來。

一名大概只有車身一半大的小個子虛擬角色，將巨大機車連著騎士扛在肩上，一步步跨過斷垣殘壁堆成的路障。至於Ash Roller本人，就只是跨坐在不停晃動的機車座位上，不停地空催油門。

「……你、你這樣哪裡需要催油門啦！」

春雪忍不住全力吐槽，接著才總算發現已經不是看戲的時候了。他們的目標是大堆斷垣殘壁後頭的據點，一旦據點被佔領，事情可就棘手了。

「你、你們想得美！」

春雪邊嚷嚷邊朝幹道的對向車道衝去。扛著機車的小個子見狀往旁邊一瞥，緊接著大喊：

「Ash大哥！別管我，你儘管去吧——！」

他喊出這麼一句還挺帥氣的台詞，便將機車往前一拋。這人個子不大，臂力卻非常驚人。

曾幾何時已經有了跟班的Ash Roller跨坐在大型美式機車上，邊催出尖銳的排氣聲，邊連人帶車被拋過路障的頂點。

「你的Heart實在是Giga burning的啦！」

Ash還是老樣子地喊著意思根本不通的英文，同時輪胎在柏油路上著地，後輪冒起白煙，車身隨即往前猛衝。

六月八日星期六，傍晚五點半，為了防衛杉並第三戰區而進行的三對三團體戰正打得如火如荼。黑雪公主跟千百合在休息，「黑暗星雲」由春雪、拓武以及Sky Raker三人出戰，進攻方則是綠色軍團「長城」旗下由Ash Roller領軍的三人。

等級上春雪這一方是8、5、5，敵人則是5、5、3，差距相當大，但在BRAIN BURST這款遊戲裡，這種程度的差距只要一次疏忽就會立刻被顛覆。春雪咬牙切齒，心想無論如何也不能讓Ash突破路障變成這關鍵性的「一次」，立刻追向飛馳而去的機車，然而——

「此路不通也！」

隨著這麼一聲讓人搞不清楚是在演戲還是本來說話就這如此的喊聲，某個影子從天而降。是剛剛連人帶車扛起Ash Roller的虛擬角色。

他的名字叫「Bush Utan」，是個有著暗野草色裝甲的3級玩家。身高比Silver Crow還要低上幾公分，但卻有種讓人一點都不覺得矮小的壯碩感，理由就在於他發達的雙臂。當他身體前傾時，手掌幾乎可以碰到地面，因此整體輪廓會讓人想起某種靈長類動物，但這並不表示他是個可以輕視的對手。

春雪毫不怠慢地瞪著朝自己伸出的兩隻大手，嗆了一句：

「……照慣例說這種台詞的傢伙都絆不住人啦！」

Silver Crow身體一縮，毅然展開超低空衝刺。

Bush Utan是個將潛力點數全灌到巨大雙手之中的臂力特化型虛擬角色。要是被他一拳打個正著，受到的傷害絕對會大得讓人認為兩級差距根本沒有意義，但他的速度並不出色，而且春雪原本就不打算在這裡跟他打。

春雪以幾乎擦到地面的姿勢飛奔，一口氣拉近距離，先讓敵人注意力往下段集中，接著猛力一跳。為了節省必殺技計量表，他只讓翅膀振動一瞬間，不動用飛行能力，而以長距離跳躍通過對方頭頂。

Utan趕忙雙手上伸，但實在搆不著。春雪老神在在地於腦海中評論：剛剛那個場面你自己也應該拉近距離，減少我的選擇才對。間距這種東西不應該等，而要主動去控制……

「——等等，哦哇！」

Silver Crow嘴裡發出的驚呼聲，跟粗豪的吼叫重合在一起。

「唔呵呵呵！你別想跑也——！」

想不到，Bush Utan的雙臂竟然伸長了，而且不是弄脫關節那種程度的伸長，是整整伸長到將近原本長度的三倍。他就這麼用巨大手掌抓住春雪的雙腳——

「哼——！」

Bush Utan想猛力將春雪往地面摔去，於是春雪反射性地翅膀全開，解放所有推力。

「唔喔喔！」

拉鋸狀態只持續了一瞬間。Utan臂力再強，本身卻屬於輕量級。Silver Crow就這麼兩腳掛著一隻靈長類型虛擬角色，一股腦兒地往上升。春雪心想不如乾脆把他載過去砸在Ash Roller身上，就在這一瞬間——

「唔呵！好、好可怕耶！」

聽到這沒出息的叫聲，春雪當場一軟，飛行速度也慢了下來。他連忙往下一看，發現Utan左手放開春雪的腳，改抓住屋頂上的欄杆。他的雙臂已經伸展到了極限，看起來簡直像是個虛擬角色被繫在一根長繩的正中央。

「臭小子，你、你放手！」

「不、不要也！」

春雪拚命振翅高飛，但抓住左腳掌的握力絲毫不見放鬆。憑拓武的「刺樁」或許有辦法打斷Utan的手臂，但看來他正在有點遠的地方跟敵方團隊的第三人打得難分難解，斷斷續續地傳來衝擊聲響。

春雪無可奈何地繼續空中拔河，同時朝幹道西側看了一眼，緊接著忍不住脫口而出：

「糟糕……！」

大型美式機車已經跑了一百公尺以上，正要闖進道路前方的小廣場。廣場上有個散發淡紫色光芒的圓圈，其正中央設置了一根很高的旗竿。旗子是黑色，表示這個「據點」現在由春雪他們的團隊佔有。

所謂的據點，就是散佈於領土戰場地各處的特殊地點，若其中一方佔領這些點，成員就可以無限次進入圈內補充必殺技計量表。也就是說，BRAIN BURST的領土戰打起來，會形成一種陸續佔領據點來推進前線，逐步攻陷對方據點的戰鬥。

Ash Roller盯上的據點只有Sky Raker一人防守，身為8級玩家的她實力自然有保證，但由於戰法特異，與敵方屬性的相剋關係也就格外重大。

而照春雪的推測，既然坐輪椅的Sky Raker跟騎機車的Ash Roller屬於同類型，也就不得不認為Raker比較不利。以載具型強化外裝的性能而論，機車當然幾乎在每一方面都遠遠凌駕在輪椅之上。

一張細緻的銀色輪椅孤伶伶地停在廣場前方，上頭坐著一名儀態端莊的女性型虛擬角色。機車發出轟然怒吼朝她撲去。

「師父～～！」

骷髏騎士的喊叫莫名地混著哭聲：

「我……今天，就要……出師啦……！」

春雪在空中聽得張大了嘴。Sky Raker確實是Ash的師父兼「上輩」，但這種台詞應該得先歷經幾番波折，等到最後一集的重要關頭才能說吧？記得Ash Roller應該是第三次參加領土進攻戰，而且這還是第一次上下輩之間直接對決。

輪椅上的Raker也在寬邊帽下露出苦笑，甩了甩一頭天藍色的長髮說：

「Ash，你還早了一百年呢。」

說著，她左手筆直前伸，掌心朝上，動動手指頭做出「放馬過來」的手勢。

「喝啊啊！」

Ash則以尖銳喊聲回應。他從座椅上垂直跳起，右腳踏住機車龍頭，左腳踩著坐墊後端，整個人直立在機車上。這招「V型雙汽缸拳」是他的獨門招式，能將機車當成沖浪板來駕馭，而命名者就是他自己。

Raker見狀仍然不慌不忙，春雪卻急得咬牙切齒，心想這下真的糟了。因為Raker無法從輪椅上起身，手自然也就碰不到Ash Roller本體，空手攻擊機車也只會害自己受傷。

「師父！過去這些日子，Giga感激妳啦啊啊啊啊！」

他以靴底全開油門，機車排氣管噴著火焰做出最後的加速。眼看巨大的灰色前輪就要狠狠撞上輪椅的那一刻——

Raker的左手以迅雷不及掩耳的速度滑過旁邊銀輪，輪椅猛然往後一衝，在地上濺出火花。

——不行，這樣跑不掉！

春雪在心中朝著也是自己師父的Sky Raker這麼吶喊。得用手轉動車輪才能移動的輪椅由於重量極輕，衝刺能力十分優秀，但只能維持一瞬間。就算往後退開一段距離，也馬上就會被追上，接著被撞飛。

就在如此預測的春雪倒抽一口氣時。

Sky Raker一個漂亮的閃身躲過機車前輪，同時身體往前伸展，右手碰上機車握把——

接著用力握住煞車。

這個動作看起來輕描淡寫，但看得出灌注的力道非同小可，前輪碟煞迸出大量的火花。至於機車如果突然用這種力道煞車，而且只煞前輪，會有什麼下場呢？

「喔、喔哇！」

等Ash發出這聲慘叫時，美式機車的後輪已經騰空，整輛車往前倒立。而前傾的勢頭絲毫不減，連前輪也跟著離開地面，整輛（機車）車在空中邊轉邊往前飛，猛力栽進遠方的大樓牆上。

看來這次衝撞已經超出了強化外裝的耐久度，讓機車當場炸成一團大火球。

但Ash Roller本人由於站在坐墊上，僥倖沒有捲入爆炸之中，而是被拋向天空。

「Ｎｏ————！」

他在慘叫聲中抵達拋物線的頂點，瞬間靜止不動……接著又往下掉。而在他的正下方，可以看到再次讓輪椅衝刺的Sky Raker已經等在那兒了。

「原來差了兩百年呀。」

她在笑嘻嘻地評論之餘，左手以幾乎能烤焦空氣的速度垂直打出。這一掌紮紮實實地打在黑色皮革騎士外套的背上，就連遙遠空中的春雪都能感受到這道衝擊。

從高處摔下的損傷，加上身體中心被一記重手打個正著，讓Ash Roller的ＨＰ計量表就這麼輕而易舉地整條不見。

「不愧是師父……手下Tera Nothing留情。」

骷髏騎士留下這句讓人聽不懂的話之後，當場爆炸。春雪與Bush Utan看著Sky Raker輕拍雙手的模樣，同時自言自語：

「好、好強……」

「太強了也……」

說完，兩人才驚覺過來，對看了一眼。既然Raker已經漂亮地擊退Ash，守住據點，那麼繼續空中拔河也不再有意義。

春雪更不說話，以不惜耗盡必殺技計量表之勢振翼，產生的升力讓Utan雙臂發出哀嚎。

「沒、沒用的也！燃燒吧，我的肌肉～～～～！」

抓住大樓欄杆的左手跟抓住春雪腳掌的右手明顯鼓起，以強得嚇人的力氣想將春雪拉回來，就在這一瞬間——

春雪的銀翼一百八十度轉向，換成俯衝姿勢，自然形成了Utan將Silver Crow往自己身上猛拉的畫面。

「等……慢著……」

最後一個字被猛烈的俯衝下踢命中聲響蓋過。

兩人就這麼糾纏在一起，一塊朝地面上墜落。Utan抓住Crow腳掌的手受衝擊而震開，而他在零距離格鬥戰還不是春雪的對手。

Utan的HP迅速消失，退場前還留下一句他那位大哥風格的台詞：

「這、這筆帳我明天一定奉還也～～！」

……明天？

春雪隱約有種不舒服的預感，但還是先丟在一旁，趕往前線去幫拓武。

現實時間中的十五分鐘後——

黑暗星雲的五名成員本週也穩穩守下了杉並第一～第三戰區，在最終戰舞台的戰場中央集合，互相慰勞彼此的辛苦。

春雪在手邊找了個水泥塊癱坐下來，感受著一陣舒暢的疲勞之餘，深深吐出一口氣，對身旁的Sky Raker說：

「不過話說回來……我可沒想到Ash Roller的機車可以那樣應付……」

過去春雪曾經抬起機車後輪來癱瘓機車的推進力，藉此打贏Ash，但這種在機車行進中握住煞車來造成翻車的手法顯然更聰明、更迅速，而且更帥更有趣。

但Raker只發出呵呵幾聲輕笑，搖搖頭說：

「很遺憾的，這招只有在Ash站在機車上的時候才管用。」

「啊……對、對喔……」

的確，平常車手並不會將手從握把上拿開。春雪沉吟了一會，這次換黑雪公主發出混著幾分苦笑的聲音說：

「更重要的是，如果不靠Raker這種水準的衝刺力讓雙方速度同步，想伸手去碰全力加速中的機車，難保不會反而判定成被機車撞傷。」

「啊……對、對……喔……」

看春雪沮喪地垂下頭去，千百合跟拓武毫不客氣地笑出聲。漆黑的虛擬角色也笑了一陣，接著才補充：

「不過呢……憑你的全速飛行，也許使得出跟Raker一樣的手法，你可以研究研究。」

「好的！」

春雪很有精神地點頭回答後，軍團長的目光在部下身上掃過一圈，接著開口：

「如果沒有其他要討論的事項，我們就來討論明天的事。我想，內容概要春雪已經用純文字訊息通知過了，不過現在還是請他重新做個說明吧。」

「了、了解。」

春雪趕忙站起，走到並肩坐好的四人面前，描述星期天的一大活動「赫密斯之索縱貫賽」的概要。

其一，不必特地跑一趟東京通天樹，只要在春雪家裡集合，就可以用一種叫做「輸送卡」的物品，將眾人傳送到太空電梯的底端太空站。

其二，Silver Crow已經註冊為一號飛梭的駕駛，無法變更；其餘四人必然得坐在後座，負責保護己方的飛梭，或是攻擊競爭對手的飛梭。

還有就是比賽中ＨＰ計量表會被鎖住，所以9級的Black Lotus沒有危險。

春雪結結巴巴說到這裡，忽然猶豫了一會兒，一時之間無法判斷該不該說出隔壁的二號飛梭已經由「日珥」的Blood Leopard註冊，而她衷心期待能再次見到Sky Raker。

但他隨即想到現在應該先別說。因為Leopard與Raker之間，應該有著一套只有她們自己才懂的交流方式。

因此春雪深深呼出一口氣，說了句：「報告完畢！」

「辛苦了。」

黑雪公主立刻接過話頭，讓春雪坐下之後，自己站起身。

「春雪的郵件裡也有提到，前年舉辦過一場叫做『城堡樂園攻略賽』的活動，我想Raker一定懂我有什麼感受……」

黑之王停頓了一瞬間，揮下右手劍說道：

「當時我為了逃過諸王派來的追兵，完全切斷跟全球網路的連線，所以沒能參加，讓我實在……非常懊惱。」

「就是說啊，害我都忍不住從東京鐵塔遺址上往城堡樂園發送怨念電波呢。」

看到Sky Raker露出微笑，黑雪公主點點頭，其他三人則忍不住挺直背脊。憑這位「其實很可怕的Raker老師」所散發的怨念，就算真的壓得幾個對戰虛擬角色不能動彈，也沒什麼好稀奇的。

「不管怎麼說，因為有過這種經驗，所以我想在明天的比賽中洗刷前年的懊惱。一來拓武跟千百合都同意參加，二來更多虧了春雪留意到新關卡出現的可能性，大老遠跑到東京通天樹幫我們搶下了參賽權。要是白白浪費這個機會，對他就太過意不去了。」

聽黑雪公主這麼說，春雪的頭跟雙手都慌慌張張地亂搖一通。

「哪、哪裡，我只不過是突發奇想……傳送門出現的地點跟時間，全都是學姊一個人推測出來的……」

「這突發奇想才是最重要的。看樣子十個參賽名額已經全部註冊完畢，不過幾乎每一隊都是從無限制空間ＮＰＣ商店裡買了高價情報才知道這件事。憑自己注意到這點的，除了春雪之外頂多也只有一兩個人吧。」

「是、是喔……原來是這樣啊……」

那麼，搞不好這種ＮＰＣ情報所提供的傳送門出現預告時間有故意延遲，所以全憑自己推測出這點的春雪——想來Pard小姐也是一樣——才能搶先抵達赫密斯之索。

這麼說來，可得好好感謝前幾天邀自己去新宿都廳玩的千百合了。要不是有去那裡，春雪多半根本不會留意太空電梯的新聞，對於以全感覺通話方式提供諮詢的黑雪公主當然也得好好感謝一番。正當春雪茫然地想著「有同伴真好」時——

「……Lotus，我可以說幾句話嗎？」

Sky Raker輕輕舉起手，讓輪椅發出唧唧聲前進，接著她以流暢的動作轉身，目光掃過每一個人。

「我也非常期待這個活動。長年來停止跟加速世界交流的我，能像這樣再次跟軍團……新生『黑暗星雲』的同伴並肩作戰，這點我沒有一天不感謝。如果可以，明天我也希望能跟各位同心協力，朝賽道終點前進。可是……」

她先頓了一頓，視線落到白色長裙下的雙腳上。

「……照Crow的說法，飛梭上只有四個座位，除此之外沒有任何可以載東西的空間，那我就只能不帶輪椅，直接綁在座位上。如此一來，我這虛擬的身體就只是個包袱。與其增加無謂的重量拖慢飛梭速度，還不如從一開始就別上去。」

「才、才不會！」

春雪反射性地喊了出來，想否定Sky Raker的說法。

然而——

如果Raker是遠攻型虛擬角色，即使被固定在座位上，多半仍能勝任攻擊手一職，但她就像身上那鮮豔的天藍色所示，是相當純種的近戰型。近戰型角色要在比賽中擔任攻擊手，多半得跳到別隊的飛梭上才行，而以輪椅代步的Sky Raker當然辦不到這點。

看到春雪懊惱地咬緊牙關，Raker語氣溫和地說：

「鴉同學，你別放在心上。即使我不在，憑你跟Lotus，還有Pile跟Bell，你們四個人一定可以領先到最後的。」

——不對，這樣不對。

我想帶妳去……我想帶去那通天巨柱的人是妳啊。我有些話要在跑完長達四千公里的太空電梯之後所抵達的世界跟妳說，告訴妳一個在地上會被重力壓住而說不出口的想法……

春雪在心中這麼呼喊，黑雪公主也同樣發出強忍傷痛的聲音：

「……Raker，妳的虛擬角色本體重量多半比Crow還輕，有沒有載妳對飛梭的推力重量比來說，應該沒有多少差距。而且就算妳不能離開座位，如果只負責防禦也夠……」

「不可以，Lotus。」

Sky Raker這句話說得斬釘截鐵。

「妳……還有整個黑暗星雲最根本的宗旨，應該放在打倒其他每一個王，以及讓Lotus升上10級。只要明天的比賽拿到冠軍，相信一定可以得到相當多的超頻點數，可以讓妳確實朝最終目標邁進。既然如此，就不該為了顧慮我，而導致勝率有一丁點的降低，不是嗎？」

這番話說得太合理，反而令人於心不忍。想來Sky Raker心中對於移動力大幅受限的自己所該扮演的角色，有著明確規範。對於能夠幫助軍團活動的部分絕不吝於協助，但遇到自己反而會造成負擔的戰鬥就絕對不參加。

說穿了就是這麼回事。

Sky Raker已經放棄了自己的BRAIN BURST（遊戲）。儘管她答應黑雪公主的要求而回到軍團中，但動機純粹只是為了幫助黑雪公主。她嚴格禁止自己去享受「對戰」的刺激與興奮，以及用拳頭交心的喜悅，彷彿將這當成一種永遠的懲罰。

——妳錯了。

春雪再度在心中這麼自言自語。

讓軍團長黑雪公主升上10級，確實也是春雪自己的目標。他無時無刻不祈禱自己能夠成為一個像樣的騎士，好好保護主人直到那一刻來臨。

儘管沒有任何事情比這個目的更優先，但有些事情是同樣重要的。

那就是好好去玩（享受）這個叫做BRAIN BURST的對戰格鬥遊戲。

不可以讓對戰變成痛苦，不可以讓對戰變成只為了賺取點數而進行的作業。要是往這種方向走下去，最後只會走向「加速研究社」那種連現實世界都會跟著蒙上陰影的黑暗。

當然，春雪也不認為Sky Raker會陷入那種黑暗之中——但如果她到現在還不能原諒自己，那絕對不是件好事。

然而此時此地，春雪無法傳達自己的思考跟感情。看來黑雪公主跟拓武也是一樣，兩人的虛擬角色就像石頭似的僵住不動，低頭不語。

除了表示戰場再過十分鐘就會撤除的倒數讀秒外，周圍籠罩在一片沉默之中。Sky Raker正要以平靜的微笑打破沉默，卻有個人比她快了一步。

「Raker姊姊。」

千百合喊了她一聲。

「什麼事呀，Bell？」

「我……一直在想……」

Lime Bell的話音帶著幾分猶豫，卻又包含了堅毅的意志。她邊說邊站起，走上幾步來到Raker身前，深吸一口氣，面罩上露出十分認真的神色——

「若姊姊不介意，我想試一試。看看用我的能力，能不能讓姊姊的腳復原。」

聽到這句話的瞬間，春雪心下一凜，瞪大了眼睛。所謂千百合——Lime Bell的能力，指的自然是她的必殺技「香櫞鐘聲」，效果是「時間回溯」，可以讓虛擬角色或物件的時間逆流。

在一般對戰裡，她都只用來恢復自己人的ＨＰ計量表，也就是只當成「變相的治癒能力」來運用，但前幾天對上Frost Horn跟Tourmaline Shell的對戰中，已經充分證明了這種招式的應用範圍並不僅止於此。由於對方可以閃避，要對敵人施展會很困難，但只要成功命中，甚至可以強制解除敵人叫來的強化外裝。

從這種角度來看，香櫞鐘聲甚至是一種比治癒能力更稀有的必殺技，然而——

「可、可是……小百。」

春雪反射性地插了嘴：

「記得Raker師父失去雙腳，已經過了三年以上。妳可以把時間逆轉那麼多嗎……？」

他話剛說完，千百合就歪了歪那頂像是巫婆戴的尖帽，彷彿在仔細思量自己想法似的動著手指說：

「這嘛……我的『香櫞鐘聲』有兩種模式。要用掉半條必殺技計量表的模式1是以遊戲時間內的秒為單位來回溯對戰虛擬角色的狀態，平常我用來恢復HP的都是這個模式。」

接著她伸出第二根手指說：

「……會耗掉整條必殺技計量表的模式2，是以升級之外……也就是外在因素造成虛擬角色狀態永久性改變的次數為單位。例如說用點數買了強化外裝，或是搶奪其他虛擬角色的招式或零件，像這樣的改變就可以用模式2逐一取消。上次讓小春翅膀復活就是靠這招。」

「將永久性改變……復原（Undo）啊。」

喃喃低語的人是黑雪公主。她沉吟了一會兒，以右手劍的刀背抵在面罩上說：

「講起來簡單，仔細想想就覺得這種能力實在很不得了。對擁有掠奪能力的角色來說無疑是天敵，不，簡直就是天譴啊……」

「不過，這招不能對沒有直接中招的對象造成負面干涉，所以沒辦法把別人擁有的物品要回來。也就是因為這樣，當時我就算對小春用這招，也沒辦法幫他拿回翅膀。而且這招本身很好躲，戰鬥中很難用在敵人身上的，Lotus學姊。」

春雪好不容易正要弄懂這有點複雜的招式規則，這次又換拓武開了口：

「小千，妳這『香櫞鐘聲模式2』，最多可以取消幾階段的永久性改變？」

「呃……我沒有實際用過，不過從計量表消耗的速度來看，我想最多應該可以取消三段。」

「三段……是吧——Raker姊，從妳失去雙腳以來，有過其他狀態改變嗎？」

聽拓武這麼問，天藍虛擬角色略停頓之後喃喃回答：

「……我跟鴉同學彼此讓渡過強化外裝……如果這算是兩次改變，失去雙腳數來正好就是第三段。」

一聽這句話，春雪反射性地問：

「請、請問師父，妳這輪椅呢……？」

春雪心想，Sky Raker所坐的輪椅跟Ash Roller的機車同樣屬於強化外裝，那麼取得這副輪椅不也算是永久性的改變？

但Raker只稍微搖了搖頭，輕輕摸著車輪說：

「這是我在即將放棄雙腳之際準備好的。」

她說得輕描淡寫，其中蘊含的意義卻十分重大。

也就是說，Sky Raker在請Black Lotus切除雙腳時，就已經預測到——或有了覺悟——那次的部位缺損傷害或許將永久持續。也就是說，她所受的損傷不僅止於正規遊戲系統的規範內——而跨越到了更高階的運作邏輯，也就是「那個系統」……

「Bell。」

Sky Raker這聲呼喚打斷了春雪的思考。就在四人的視線集中下，這位到現在還是半個隱士的超頻連線者以極其溫和的口吻宣告：

「謝謝妳，妳的心意我就心懷感激地接受了……可是，就算復原不順利，妳也千萬別責備自己，因為這一切的因果都只來自我的內心。」

春雪覺得後半段不止是說給Lime Bell聽，同時也是說給Black Lotus聽的。黑水晶虛擬角色全身一僵，微微垂下頭去。

千百合以堅毅的聲音開口，打破了籠罩住整個空間的沉默。

「我知道了，Raker姊姊，可是我一定會讓姊姊的腳復原。還有，小春。」

她指向對被突如其來的視線嚇得猛眨眼的春雪：

「我想，出招時多半會跳出詢問要不要接收強化外裝的訊息，你絕對要取消，不然之後會多很多麻煩！」

「嗯、嗯，了解。」

春雪一點頭，千百合就朝左上方一瞥，想來多半是在檢查領土戰中待在據點存起來的必殺技計量表是不是有整條留下。接著她拉回視線走出來。

Lime Bell踏上兩步，黑雪公主、拓武跟春雪也跟著退開。

新綠色的虛擬角色站到輪椅約兩公尺前，將裝備在左手上的巨大搖鈴筆直舉向天空。那頂寬邊尖帽朝後傾斜，她深吸一口氣，苗條身軀往後仰起：

「那，我要開始囉……『香櫞』……」

Bell開始喊出招式名稱，同時朝逆時針方向大幅度揮動手搖鈴劃圈，鏗一聲壯麗的聲響灑落在空間中。平常用來治療春雪等人HP時只會轉兩圈，但千百合卻再轉了兩圈——

「……『鐘聲』！」

她在發出這聲高喊的同時，左手筆直往下一揮。

巨大手搖鈴迸出黃綠色的發光絲帶與宛如天使樂隊演奏的和弦，籠罩住Sky Raker。天藍色長髮與白洋裝的裙襬猛力往後翻動，露出了先前遮住的雙腳。圓圓膝蓋以下的部分沒有任何東西存在，彷彿從一開始就是設計成這種造型似的，不留半點痕跡。

Sky Raker閉起晚霞色的鏡頭眼，雙手抱胸，全身發出強烈的萊姆綠光芒，同時春雪的視野正中央浮現出系統訊息視窗：

【DO YOU ACQUIRE AN ENHANCED ARMAMENT「GAIL - THRUSTER」?】——是否收下強化外裝「疾風推進器」？

這個視窗跟平時不同，會不規則地閃爍，春雪趕忙按下裡頭的【ＮＯ】按鈕。他感覺得出有東西回到Sky Raker身上，緊接著Raker的身體再次發出強烈光芒，這下多半是千百合的能力已經回溯到春雪跟Sky Raker之間進行的兩次物品交易。

春雪重新體認到這種能力實在是無與倫比。一般在網路遊戲之中，取消物品跟金錢交易肯定是ＧＭ（Game Master）才有的權限。也正因為有著這種壓倒性的權限，ＧＭ才會經常被比喻成天神。然而BRAIN BURST之中沒有ＧＭ存在，因此也可以說千百合已經擁有了整個加速世界當中僅次於神祕開發者的天神之力——哪怕只有一小部分……

春雪這些剎那間的念頭，隨即被第三次的閃光打散。

「……！」

三名見證人不約而同地屏氣凝神，睜大眼睛。

在翻騰不已的綠色光芒中，確實可以看到Sky Raker的兩膝開始附著小小的水藍色粒子。這些粒子轉眼間變得愈來愈多，同時逐步往下延伸，凝結成錐形並增加密度，隱約形成雙腿的形狀——

呼的一聲輕響。

這些粒子就像冰晶曝曬在陽光下似的迅速消失。

緊接著綠色光芒也逐漸變淡，隨著鐘聲慢慢遠去，最後完全消失。

就在恢復寂靜的戰場正中央，Lime Bell彷彿耗盡全身能量般腳步虛浮，但Black Lotus瞬間閃身過去，從背後抱住了她。

黃綠色虛擬角色無力地垂下雙手，以沙啞的聲音說：

「……為什麼……為什麼嘛？為什麼……不會恢復……？」

回答這個問題的，是輕輕整好裙襬的Sky Raker。

「Bell，這不能怪妳。」

她露出疼惜的微笑，微微轉頭說道：

「這個結果，證明我的腳之所以會消失，是因為一種比正規遊戲系統更優先的運作邏輯在發揮作用。是『想像控制體系』……也就是『心念系統』在作祟……」

春雪急促地深吸一口氣。扶著Lime Bell的Black Lotus更是大動作抽回右腳，別開了V字形面罩。

Sky Raker平靜地朝愣住的千百合跟黑雪公主訴說：

「Bell還只聽過『心念系統』的概略，或許很難理解……三年前我企圖透過心念的力量，來提升自己的飛行高度極限。我跟天神……不，是跟惡魔訂了契約，說我願意放棄我的雙腳，只求可以碰到天空。我的願望實現了一小部分，極限高度增加了一百公尺……而我的雙腳在那之後，不管沉潛幾次都沒有回來。讓這雙腳持續消失的，是我自己的心念。如今就連我自己，也不知道要怎麼解開它。所以我無法恢復原狀不能怪Bell……更不能怪Lotus妳。」

——追求心念的力量，就一定會失去某些事物做為代價。

過去對春雪說出這句話的，是紅色軍團的Blood Leopard。也許當時Leopard腦海中也浮現了Sky Raker的身影。

當時春雪是這麼回答的：我還是想要相信「心念」——想相信BRAIN BURST。

春雪不能讓這句話變成謊言，絕對不能。因此，他非得把Sky Raker帶到赫密斯之索的頂點去不可。

「……Raker姊。」

春雪呼喚的聲音很平靜，當中卻灌注了所有能夠動員的意志力。他正視那對晚霞色的鏡頭眼，開口說：

「我認為，一個團隊……中的成員能發揮出多少實力，絕對不是只看虛擬角色的戰鬥力。其他像觀察力、判斷力……不，因為大家在一起而能努力下去的心情，才是最重要的。Raker姊一直是我們的依靠，只要有妳陪著，我們就會變強好多好多。所以……所以……」

憑春雪有限的語言能力，就只能說到這裡。但他仍然用力握緊雙手，拚命傳達心中的想法

——忽然，背後的Cyan Pile伸出大手在他肩膀上輕輕一拍。

「小春說得沒錯，Raker姊，妳是我們軍團裡無法取代的戰力。」

千百合也重重點頭表示同意：

「就是說啊，姊姊！我們五個人到齊的時候才是最強的！」

最後黑雪公主踏上一步：

「就是啊，Raker，大家說得沒錯。」

黑暗星雲的領袖，以平靜中蘊含著沉痛的語氣訴說：

「之前我也說過，我需要妳，無論何時何地都需要妳……就別說得那麼複雜了。明天的比賽要是妳不在，我們四人就沒辦法發揮全力。光是這一點，就足以構成妳參加的理由了。」

這說法相當牽強，但也因此有著最直接的貫穿力。

Sky Raker睜大了眼，接著微微苦笑並搖搖白色的帽子，像是在說「真拿你們沒辦法」。

「Lotus，妳這種口氣，跟我們初次見面時簡直一模一樣。」

她低下頭去，以右手輕輕摸著自己的膝蓋：

「……有些東西，失去了就再也拿不回來。不過，我想一定也有些東西不會凋零，而會繼續發光……也許我還有這點權利去相信，不，應該說是盼望……」

幾乎不成聲的細語從帽子下悄悄傾洩而出，春雪覺得自己看到一顆小小的光點往下滴落。

但當Sky Raker抬起頭時，嘴邊只露出一貫的平靜微笑：

「……謝謝你們，Lotus、Pile、Bell……還有Crow。我就恭敬不如從命了——不過……」

說到這兒，她臉上換成了慧黠的表情：

「既然我參加，大家就要丟下拿個第二第三就好的天真心態。我們只有兩條路：拿到冠軍，或是乾脆在空中燒成灰燼。」

咿！

看到春雪嚇得挺直了背，拓武跟千百合毫不客氣地發出笑聲。

——你們根本不知道她有多可怕！

春雪在內心吶喊之餘，才總算能夠打從心底——哪怕有那麼一點僵硬——露出笑容。

6

從領土戰場地回到現實世界後，春雪感受著重力，為該不該睜開眼睛猶豫了好一會兒。

他就這麼持續將近十秒，最後總算慢慢抬起頭來。

傍晚六點的自家客廳裡鴉雀無聲，幾乎要令他懷疑剛剛另一個世界的談笑是不是幻覺。

由於電燈都關了，光線相當暗。從窗簾微小的縫隙，可以看見傍晚天空籠罩在沉重的鉛灰色裡。視野中唯一在動的物體，就是牆上幾乎只作為裝飾用的類比式時鐘上頭那根轉動得十分無力的秒針。

春雪在沙發椅上輕輕呼出一口氣，整個人躺了下去。

每週六的領土戰，他們都會盡量先在現實世界中集合之後才沉潛進去，但沒空時就會各自從自己家裡或街上方便的地方參加。雖說BRAIN BURST一次戰鬥頂多只有一點八秒就會結束，但防衛戰卻至少得連續打上十場以上，所以包括戰鬥與戰鬥之間的空檔，還是會有將近十分鐘左右都不能去做其他事。今天由於黑雪公主實在離不開學生會，於是眾人決定各自找地方沉潛

——當然其中有個唯一的例外，那就是家住澀谷區的Sky Raker，她幾乎每個禮拜都是以遠端連

線方式參加。

而春雪總是不喜歡自己一個人從家裡參加領土戰爭。理由非常單純，因為忘我地打完連續十場以上的熱戰，跟伙伴們分享勝利的痛快或是敗戰的懊惱後，離線一看才突然發現自己身處無人的家中，會讓他有種強烈的落寞感。

直到去年秋天認識黑雪公主，從她那裡拿到BRAIN BURST程式以來，春雪從來不覺得獨處會寂寞，甚至還覺得這樣比較自在。所以他每天一放學就衝出校門，逃命似的回到家裡，躲進自己房間陶醉在電玩、動畫、漫畫的世界之中。在現實世界裡跟別人說話——不，連跟別人待在同一個地方，對他來說都是一種苦刑，哪怕陪的是千百合或拓武也不例外。

短短八個月。

當上超頻連線者以來，只過了這麼點時間，如今春雪卻由衷地想跟才剛道別的軍團伙伴見面。不，不一定要同軍團的人，仁子也好、Pard小姐也好，甚至換成Ash Roller或Frost Horn也無所謂。他就是想透過「對戰」跟人以拳交心，或是當起觀眾替對戰提供熱鬧的講解，在現實中見面閒聊些無關緊要的事也行。

「……我到底是怎麼了……」

春雪把臉埋在坐墊裡，緊接著在一陣家用網路的預設音效中，有個視窗於視野中央開啟，但他不看內容，立刻用右手按下確定。反正一定是母親寫來說今晚也會晚歸的慣例訊息。春雪立刻忘了這件事，在腦子裡浮現出剛剛要說的話。

——我到底是變得更堅強，還是變得更軟弱了？

對別人的恐懼有所減少，或許可以算是變堅強了，然而這也代表對別人的依賴有所增加。

每天只有自己一個人的那時，沒有什麼東西可以失去。

但現在春雪卻打從心底害怕，害怕失去自己這八個月來得到的小小人際關係網。

尤其是其中一條牢牢繫在內心深處，有如黑色絲絹般發出閃亮光澤，拉得筆直的絲線——

明知這種想法很危險，但他就是無法阻止自己去想。昏暗的客廳裡，春雪整個人趴在沙發椅上，用力閉起眼睛，雙手墊到頭後方，繼續思考。

絲線的另一端，當然就是拯救了春雪的恩人，同時也是他「上輩」的黑雪公主。

黑雪公主現在是梅鄉國中的三年級生，而今年的第一學期已經過了一半。也就是說，再過十個月、再過短短三百天，黑雪公主就要從梅鄉國中畢業。春雪從來沒聽她說過畢業以後有什麼打算。他怕得不敢問。

就連這一刻，時間都分分秒秒不斷逝去，彷彿成了一股以千倍速度消逝的急流。如果可以，他希望把剩下這十個月全都拿來跟黑雪公主在加速世界裡度過。換算成那個世界的時間將有八百二十年，可說幾近無限，但春雪仍然覺得完全不夠。

「……學姊。」

他喃喃自語，用力握住坐墊一角。

「嗯，什麼事？」

春雪覺得從回答聲自非常近的距離傳來。但他仍然趴著不動，想再聽一次自己幻想中的黑雪公主答話，於是又叫了一聲：

「學姊……」

「我在問你到底有什麼事啦，春雪。」

這個聲音不怎麼溫和，甚至含有幾分真實的訝異，讓春雪體認到自己的妄想力終究有限，因而往左翻身。

結果，眼前離沙發只有五十公分遠的地方，有雙裹著黑色長襪的腿。

春雪連連眨眼，茫然地將視線往上拉。他看到了長度絕妙的膝上裙、有著柔滑光澤的漆黑短袖上衣，以及胭脂色絲帶。

戴著鋼琴黑配色神經連結裝置的細嫩頸子、亮麗柔順的長髮，就連微微傾向一旁，美得甚至有些不像人的白皙臉頰，都帶著壓倒性的真實感填滿了春雪視野。

……不對，我的妄想力還真不能小看呢，竟然可以看到這麼清楚的幻覺。還是說，我在無意識中執行了記憶體內的圖片檔？可是我應該沒有這麼高解析度的全身照……

春雪一邊想著這些念頭，一邊不經意地伸出右手，拎起百褶裙的裙襬一拉。

不光是布料質感壓倒性的逼真，連裙子底下的人體質量與彈力都從手指頭上傳來，春雪正覺得奇怪，下一瞬間……

「你你你！」

他聽見了這樣一聲尖叫，右手啪的一聲被拍開。接著是……

「你……你這笨蛋在做什麼啊！」

轟雷般的斥罵聲降臨，接著苗條的手臂伸來，用三根手指捏著春雪臉頰，毫不容情地發揮強大的拉力。

「咿……哈呼？」

慘叫與驚叫同時出現之餘，春雪這才恍然大悟。

是本尊。不是幻覺、不是照片，也不是立體AR投影。貨真價實的黑雪公主突然出現在春雪家客廳，而且柳眉倒豎。可是，為什麼？怎麼會？該不會是用傳送的？難道是量子干涉？

過了約三十秒，大概拉春雪的臉頰拉得夠了，黑雪公主這才重重坐到他對面的沙發椅上，為他揭露謎底：

「我說你喔，我明明就有按門鈴！結果你連午安的午字都沒說就開了鎖，我只好直接進來啦。而且我在玄關也有直接開口跟你打過招呼喔！」

「……」

春雪記得在自己把臉埋進坐墊，用手塞住耳朵胡思亂想時，確實跳出了一個視窗。當時他以為是母親寄來的郵件，連內文也不看就直接按下確定，原來那是通知有人按門鈴的視窗。沒改掉聽起來都差不多的預設音效真是一大失敗，事後一定要記得換掉。春雪先在腦內摘要裡記上這麼一筆，接著才挺直背脊開口說道：

「呃、呃……學、學姊，歡迎光臨。」

「嗯，打擾了。」

黑雪公主依然稍微嘟著小嘴，一邊用力拉撐裙襬一邊回答。幸好剛剛是往下拉，如果是往上翻，光處以捏臉之刑肯定無法了事。

春雪想著想著，自覺到思考檔次又偏到了奇怪的地方去。問題不在往上或往下，也不是黑雪公主怎麼進來。為了解決最根本也最該優先解決的疑問，春雪戰戰兢兢地提問：

「……那、這個……學姊怎麼會突然到我家來……？」

她身穿制服，而且地板上放著學校指定款式的書包，看來黑雪公主應該是直接從梅鄉國中來的。如果有事要聯絡，大可在剛剛的領土戰爭反省會裡說完，而且也可以用郵件或通話解決。不能用這些方式聯絡，也就表示……

「……是有機密要跟我說……嗎？」

春雪補上這麼一句猜測，但黑雪公主卻聳聳肩說：

「也不是啦……怎麼？我連偶爾來玩的權利都沒有？拓武跟千百合可來得相當頻繁耶？」

說著她又鼓起臉頰，春雪立刻讓自己的臉以超高速水平往返：

「不、不不不怎怎怎怎麼會呢！我我我我高興得不得了呢，只要學姊想來，每天來都行，乾脆搬來我家都……等等我在說什麼啊？啊，對對對對了不好意思我連個茶都沒泡！我馬上去準備，請學姊坐一下，等等，學姊已經坐下了啊對不起！」

春雪總覺得再說下去會捅出無可挽回的婁子，於是連滾帶爬地從沙發上站起，全力衝進廚房避難。身後傳來一句夾雜苦笑的「別在意」，聽到這句話，他緊繃的情緒總算稍得舒緩。

不是傳達軍團最高機密事項，純粹是放學後來玩，就跟同班同學之間常有的行為一樣、跟尋常國中生一樣。

一想到這裡，春雪嘴角就滲出笑容。他辛苦地壓住笑意，從母親放在櫃子裡收藏的咖啡豆中拿出看起來最貴的一包，嘩啦嘩啦地倒進咖啡濾壺裡。

窗外鉛灰色的陰鬱天空經由墨色轉為完全的夜空，這段時間春雪一直忘我地說個不停。包含了今天領土戰的情形、最近的加速世界情勢、明天比賽的事。

不只這些BRAIN BURST的相關話題，他還談到學校的行事跟各種謠傳、杉並區的熱門話題，最後甚至扯到各家神經連結裝置廠商所發表的二〇四七年夏季最新產品，說個沒完沒了。

「……不過我覺得最近神經連結裝置的大型化、高機能化傾向根本是本末倒置。本來會開發出神經連結裝置這種東西，就是要追求能『穿戴在身上卻忘了它存在』的舒適性，可是這次希塔斯準備推出的新機種，竟然基本配備就包括攜帶用的外掛套件！」

「呵呵，你的心情我懂，不過等你看到規格，還說得出這種話嗎？就現階段的謠傳，這款機種由於將各種接孔跟插槽放到外掛套件，所以會配備家用機規格的ＣＰＵ呢。」

「嗚……可、可是ＣＰＵ效能再強，也不會讓BRAIN BURST的對戰變得有利吧？」

「嗯，應該是不會。不過我也聽說只要用最新的裝置，特效處理就會變得更華麗啊……」

「真的假的！太詐了，這樣太詐了啦！」

「還好吧？視覺效果華麗又影響不了勝率。順便一提，我打算下個月換成雷克特的新機種。」

「哇，好詐、太詐了啦！學、學姊，到時候讓我也用一下看看……」

「喂喂，怎麼可能去用別人的神經連結裝置？而且就算能用，我想應該也套不上你的脖子吧。哈哈哈……」

好開心。

看著黑雪公主坐在對面沙發上，拿著咖啡杯說話、點頭、歡笑，再想到自己獨佔著她，就讓春雪感覺自己幸福得像是上了天堂。

現實世界面對面直接交談，在現代是種極為奢侈的交流方式。半年前，春雪還會因為過度緊張而無法好好說話，現在卻能忘我地享受這種交流。也因此，他沒注意到黑雪公主眼神中不時摻進的幾分憂鬱。

過了約兩個小時後。

這段盼望能永遠持續下去的時光，被春雪腹部發出的低沉振動聲打斷。

「啊……已經這麼晚啦？不小心待太久，都拖到你吃晚餐了。」

聽黑雪公主這麼說，春雪趕忙連連搖頭：

「哪、哪裡，一點都不要緊的！我肚子根本一點都不……」

咕嚕。

身體再度發出背叛精神的餓肚子音效。春雪雙手按著肚子，心想「就是這樣我才受不了現實中的身體！」只不過，屬於非隨意肌的內臟當然不會被他這麼一按就乖乖不叫。

「呵呵，別硬撐了。今天你在領土戰這麼活躍，一定消耗了很多熱量吧？為了明天，你要好好補充營養。」

黑雪公主微笑起身。春雪滿心想邀她至少留下來一起吃個晚餐，但他能準備的東西不是冷凍披薩、冷凍焗飯，就是冷凍五目炒飯，實在說不上是什麼可以用來招待客人的菜色。

春雪還在天人交戰，黑雪公主已經從地板上拿起書包，穿過客廳往外走。

她的腳步——

平常英姿煥發的步調，這瞬間卻顯得稍稍有些沉重。洞察的尖針從春雪腦中直貫而過。

——她是不是另有什麼話想跟我說？

——是不是我只顧著聊自己的事，把時間全部用完，才害她沒時間說？我只想著這樣很開心、很高興，自己說得忘我，卻沒注意到更重要的事……？

春雪把強烈的飢餓感拋諸腦後，就要開口。

但他卻說不出話。這種狀況下，怎麼好意思假惺惺地問她是不是有什麼擔心的事呢？至少該早一個小時、或者早三十分鐘也好。自己應該先閉上嘴，聽對方說話才對。

春雪凝視著朝走廊玻璃門接近的背影，同時在內心祈禱，祈求天神給他一個開口的機會。

就在這時，遠方傳來一陣地動似的低音。

聲音來源當然不是春雪的胃，而是打雷。春雪朝客廳窗外一看，發現淡淡反射出都心燈光的厚重雲層瞬間染白了兩三次，接著聽到一聲比剛剛近了一些的雷聲。

轉眼間水滴開始敲打窗戶，在窗上滲出霓虹燈的色彩。春雪一邊看著這樣的景象，一邊以沙啞的聲音說：

「……那個，學姊……雨下得好大。」

黑雪公主也停住腳步，露出側臉喃喃說道：

「天氣預報是說十二點以前降雨機率不到百分之十……預測差這麼多，還真稀奇。」

「請、請問學姊……妳有帶雨傘嗎？」

「很遺憾，如你所見。不好意思……」

看她兩手空空往外攤的模樣，春雪全力期待她會說「讓我留下來躲雨」的台詞，只是——

「……可以跟你借個傘嗎？」

「咦……呃，好，當然好了。」

春雪用力點點頭，不得已地走向玄關，第二個現象卻留住了他的腳步。

有個附上黃色警告標誌的視窗從視野右側彈出。

「啊……杉並區跟世田谷區要慎防落雷，還發出了網路塞車警報。」

「真的耶。雖然運氣應該不會糟到被雷打個正著……不過在路上Lag可就討厭了……」

黑雪公主也皺起眉頭這麼說。徒步走在路上時，視野中到處都會顯示神經裝置提供的ＡＲ資訊——例如附近的交通狀況，以及到目的地的路線規劃，甚至還包括從移動距離推算出來的消耗熱量——有這些資訊當然方便，但要是網路塞車而導致連續Lag，反而會讓人無所適從。

「嗯……可是時間也不早了……」

平常總是當機立斷的黑雪公主，難得以猶豫的口吻看了看時刻。春雪也跟著將視線拉往右下，看了一下虛擬桌面。晚上八點七分，這時間頗為尷尬，說早不早，說晚也不是很晚。

窗外傳來雷聲與小小的雨聲，兩人就在客廳裡不外不內的尷尬位置，以不知道該怎麼收場的姿勢站了好一會兒。

春雪好幾次深呼吸想開口說話，但到頭來還是一句話也說不出。我不必覺得有壓力吧？只要跟她說請妳待到雨停，或者至少待到雷雲過去為止就好。這樣一點都不會有問題，反而是地主理所當然該說的話啊。那為什麼心跳會急速加快？

黑雪公主站在約兩公尺遠處，看不清楚她側臉上的表情。那看起來像是猶豫，像是憂心，像是緊張，又像是在等待什麼……

叮咚。

預設音效突然響起，讓春雪全身一顫。

這回視野中央出現的視窗，可真的是經由家用伺服器來的純文字訊息了。發信人——母親。標題——到明晚為止。內文——都不會回去，家裡麻煩你了。

要說這是連續第三次的奇蹟，就未免誇張了點。因為春雪的母親每逢週末，大概有一半機率都是隔天才回來，另一半則是根本不回來。但對於春雪來說，這卻是最大也是最後的機會了。他按掉視窗，強行從揪在一起的喉嚨擠出聲音：

「學、學、學姊……我家根本沒沒沒什麼需要客氣的。這、這個，呃，就是說……」

正當春雪苦心想換個比較委婉的方式來轉達母親傳來的郵件內容時，黑雪公主卻直接提到了最核心的部分：

「不，你家人也會回來，我待著應該會給他們帶來困擾吧？我還是先……」

聽到她這麼說，春雪腦子裡的幾個安全閥當場爆開，一張嘴擅自說出了一記等於正中直球的台詞：

「不，不不不要緊的！我家的大人今天都不不不不會回來！」

但話才剛說完，春雪就陷入更嚴重的恐慌中。這麼說實在太露骨了，等於是主動要求她留下來躲雨——

黑雪公主聽了這句話，也只是上半身微微一動。接著視線朝著跟春雪相反的方向轉了半圈之後，仍然只讓側臉朝著他，輕輕說了聲：

「……是嗎？那不好意思，我就恭敬不如從命囉？」

「請請請請學姊務必留下來！」

春雪連連點頭，同時在腦海中感謝母親的超放任主義。再來就是祈禱頭上的雷雲哪怕只多停留一秒也好，當然最好是停個一小時，不，不，至少三十分鐘也好……

就在這時，本已再度邁出腳步的黑雪公主卻以稍快的速度開了口：

「仔細想想，明天又要到你家集合，現在特地回去實在是多此一舉。」

「就、就是說啊。這樣一點效率都沒……」

——啥？

明天也要過來所以懶得回去？這是什麼意思？

春雪整個人維持不自然的姿勢與表情愣在那兒，黑雪公主將書包放在餐椅上說道：

「那我先去一趟樓下的購物中心吧。」

接著她走出門外。

春雪拿出珍藏在冷凍庫最裡邊的最高級冷凍瑪格麗特披薩當晚餐，又泡了一次咖啡，兩人一起坐在沙發椅上看了晚間新聞，但其間發生哪些事他卻幾乎完全不記得了。

當他猛然回過神來時，發現自己獨自留在客廳裡。

而且看樣子這些並非全是自己的妄想，還可以隔著走廊聽到浴室裡傳來小小的吹風機聲。

這時他才總算讓已經排到空檔兩小時以上的大腦打到一檔，重新展開先前中斷的思考。

她說懶得回去，這句話可以解釋成她直到明天比賽時間都不回去嗎？如果可以，不就必然得出黑雪公主今晚一整夜都要留在這個家的結論了？換句話說，就是所謂的「過夜」了？兩人都還是國中生，法律跟倫理道德可以容許這種事發生嗎？可是那句話還能有別的解釋嗎？

——不對，我不能慌！哪怕真是這樣，你應該也有辦法應付！畢竟這已經不是第一次了，之前也曾經像這樣自然而然留人過夜，可是那時候還有仁子在，而且也是先在客廳展開一場懷舊遊戲大賽，玩著玩著就直接在客廳睡著……

「謝謝你借我浴室。」

忽然間客廳的門開了，春雪嚇得全身一震，以幾乎讓頸椎錯位的力道轉頭望向說話者。

她穿著一套暖灰色的睡衣，多半是不久前在一樓購物中心買來的。黑雪公主一邊用橡皮筋圈住攏到腦後的頭髮，一邊帶著些許的苦笑說道：

「總覺得我的睡衣好像越來越多了。」

「是、是啊……那這件乾脆放在這裡就好。」

春雪的嘴巴自動說到這裡，才發現自己在說什麼。

「不、不不不、我我我不是那個意思是說今今天打雷也不是說想請妳改天再來過過過夜，不不不對我不是說不要妳來我不是這個意思，呃、呃呃——」

看到春雪以複雜的動作亂搖雙手跟頭，黑雪公主一副「拿你沒辦法」的樣子出聲解危：

「趁水還沒涼，你要不要也先去洗個澡？」

「好的！我這就去！」

春雪連滾帶爬地下了沙發椅，全速脫離客廳。

儘管在水汽還沒消退的浴室裡再次陷入混亂，春雪還是洗完了澡，並趁著換穿當作睡衣的運動服這點空檔，全力思考今後應該選擇哪個行動選項。

結果他得出的答案是——

「學姊，請妳睡我媽媽的寢室！就是走廊走到底那間！那那那晚安了！」

他在客廳入口一次說完這幾句話，立刻縮回自己的房間蒙頭蓋上棉被，說來還真有點，不，是相當沒出息。

他隱約看出了黑雪公主是有話想跟他說才來訪，但處在這樣的狀況下，他實在不覺得自己面對穿著睡衣的黑雪公主能保持冷靜。到頭來肯定會像剛剛那樣弄得大腦過熱，說出一大堆還不如不說的話。不，在講錯話之前，也許會因為過度呼吸、脫水或心律不整而昏倒。

既然如此，還不如像這樣躲回房間蓋上棉被。至少不會在腦子裡存下不堪回首的記憶，搞得日後一想到就會發出怪叫。

春雪發動了許久沒有動用的全力退縮精神模式，心想會覺得自己變強完全是錯覺；他咀嚼著這種自我嫌惡的滋味，一心一意地縮起身體。

因此在大約十分鐘後，聽到輕輕敲門的聲音以及「可以跟你聊一下嗎？」這句話時，春雪才驚訝地發現自己竟然沒有裝睡。

春雪從床上坐起，深吸一口氣趕走體內的懦弱，接著以沙啞卻十分明白的聲音說了句：

「請進。」

黑雪公主無聲無息地開門進來，懷裡還抱著一個原先放在客廳沙發上的坐墊。她先看了看整個房間，接著大步走到床邊坐下。

「我還以為你會說不行呢。」

聽到黑雪公主背對著他小聲這麼說，春雪也小聲回答：

「……我本來也以為自己會這麼說。」

「你為什麼改變心意？」

「嗯……我想想……」

心情平靜得讓他意外。處於這種驚天動地的情境，春雪卻覺得內心風平浪靜。或許是因為總算在最後一線止步，沒有犯下大錯，因而產生了一種如釋重負的感覺。

「……因為我覺得學姊其實有更重要的話要跟我說。」

「什麼？你都看出了這點卻還馬上就要睡？」

春雪搔著頭朝震驚的苗條背影道歉：

「對、對不起。」

「……算了，都讓我進來了，就原諒你吧。」

黑雪公主也不再全身緊繃，稍稍轉過身體，朝坐在床上正中央的春雪看了一眼。她的表情很溫和，但今天不時出現的憂心神色仍然沒有從她的眼中消失。

她舉起纖細的手指，摸摸脖子上那具鋼琴黑的神經連結裝置，同時悄悄說道：

「『一旦失去所有點數，被強制反安裝BRAIN BURST程式，就會失去所有相關記憶』。」

春雪大驚，一口氣差點喘不過來。這是他們在兩個月前才實際見證過的BRAIN BURST程式保密系統。這對敗者來說是一種絕對的救贖，卻也是最殘酷的終極刑罰。

黑雪公主放下手，露出蘊含了無數種情緒的微笑：

「當這個本來只是謠言的最終規則以再明白不過的方式展現時，我真的滿心驚恐。因為只要輸給其他『王』一次，從那一刻起，我就會連自己是誰都忘了。可是啊，春雪。我同時……也覺得鬆了口氣……」

春雪一時猜不到這句話的意思，顯得有些困惑。黑雪公主用力抱住膝蓋上的坐墊，低頭說了下去：

「……兩年半之前，我在會談中偷襲了某個『王』，將他從加速世界中永遠放逐出去。從那件事以後，我內心深處一直擔心受怕。因為我會想到他……曾是初代紅之王『Red Rider』的那名少年在這東京的某個角落，對我抱有多深的怨恨。」

春雪倒抽一口涼氣。

這段往事她曾說過幾次，不，甚至還讓春雪看過當時場面的重播檔案。也因此，他自認知道這件事在黑雪公主心裡留下了多大創傷，同時也膚淺地以為她已經克服了這種傷痛。

春雪不知不覺朝坐在右側床上的黑雪公主探出上半身，不顧一切地說道：

「可、可是……哪怕是出手偷襲……不也是在遊戲規則下進行的正當攻擊嗎？而且對方還是敵對軍團的首領，當時也還沒有訂立互不侵犯條約。那對方應該也沒有理由怪妳……」

黑雪公主和緩但堅決地搖搖頭，打斷春雪拚命護主的說法。

「不是這樣，春雪。」

「咦……什、什麼不是這樣……？」

「我在拿下Red Rider首級時，用的是8級必殺技『死亡擁抱』。儘管射程只有七十公分，卻有著極高的攻擊力——但話說回來，不管威力再強，終究沒有強到能一擊殺死等級跟我一樣，而且還屬於純戰鬥型，防禦力僅次於綠色跟藍色的Rider。沒錯……你應該猜到了吧？當時我發動了『心念系統』。我動用了在討伐第四代『Chrome Disaster』時，七王一起誓言永不動用的禁忌之力……」

這次春雪再也說不出話來。

所謂「心念系統」，就是有意識地去運用BRAIN BURST中不為人知的高階操作介面——「想像控制體系」，藉此超越遊戲系統所規範的極限。據說這種系統威力極大，但同時也包括了駭人的黑暗面。春雪認識的高等級玩家全都異口同聲，說追求心念之力者全都會被自己內心的黑暗所吞噬，眼前的黑雪公主也不例外。

她將纖細的背影縮得更小，從體內發出乾澀的聲音：

「……我違反了誓言，Rider有權恨我。我不後悔走上跟其他諸王戰鬥的這條路，但當年使出那一招時的觸感，卻一直留在我的兩隻手上……所以啊，春雪，長年以來我一直不相信那個說超頻連線者離開加速世界就會失去相關記憶的謠言，因為我認為不可以抓著這種謠言當救命稻草來讓自己輕鬆。可是兩個月前，你證明了消除記憶的謠言是事實……讓我鬆了口氣。知道Rider不記得自己曾是紅之王，也不記得自己是因為我的背叛才被放逐，令我打從心底覺得如釋重負。我實在……實在是卑鄙得不得了啊……」

穿著睡衣呵呵輕笑的黑雪公主看起來是那麼脆弱，讓春雪鼓起僅存的一絲勇氣，將距離再拉近五公分。

但他當然不敢伸手去碰，只好拚命對她說話：

「學……學姊，這個，我想消除記憶處理之所以沒公開，是因為知道這點會讓玩家在對戰時承受的壓力太大。可……可是，我們已經知道了，所以今後我們非得做好這樣的心理準備不可。既然承受了這樣的重擔……我想就算小小放心一下，也沒什麼卑鄙不卑鄙的……反而應該算是正當的權利。」

黑雪公主微微抬起頭來，瞥了春雪一眼，淡淡的嘴唇上滲出溫和卻令人心痛的笑容：

「……原來如此。這個意見很有你的風格，很有邏輯。說得也是，你應該抱持這樣的信念去奮戰……可是，我大概沒有這樣的權利……」

「……這、這是為什麼？」

「這是因為……挨了我的心念攻擊，因而損傷過重無法挽回的超頻連線者，並不只Rider一個人。」

春雪連連眨眼，皺眉問道：

「妳是指……第四代Chrome Disaster嗎？不、不過那也是無可奈何的吧？」

「不對，不是他。」

黑雪公主無力地搖搖頭，帶得用橡皮筋綁好的頭髮甩動。幾秒鐘後，她才以輕得像在呼氣似的聲音，說出一個名字。

「是我的……老朋友。是我在收你為『下輩』以前，唯一一個在現實世界當中也培養出友情的對象……楓子，不，Sky Raker。」

「……咦……？」

「今天領土戰結束後，連千百合的『香櫞鐘聲』也沒能讓Raker的雙腳復原，並不是因為她的心念在作祟。是我。多半是我的心念到現在還在侵蝕Raker的傷痕，妨礙她的雙腳重生。簡直像是下了毒……下了詛咒一樣。」

「怎麼可能！妳騙人，才不是這樣！」

春雪忘我地大喊。他連連搖頭，以激烈的語氣大力勸解：

「Raker姊說過是她自己硬拜託學姊。妳一直到最後都想說服她放棄，但Raker姊就是不肯答應，妳情非得已，只好答應她，斬斷她的雙腳……事情不就是這樣嗎？」

「你說得沒錯，表面上是這樣……」

黑雪公主將臉埋進胸前的坐墊這麼說：

「可是……當時還只有十二歲的我，比現在更幼稚、更愚蠢。與其擔任副團長跟我並肩作戰，她寧可，不，是不得不選擇對天空的嚮往……那個時候，我無法理解她的心情。當我知道Raker無論如何都不會改變心意時，我不但覺得悲傷……更覺得憤怒……於是將這些感情全都灌注在右手刀上，斬斷了Raker的雙腳。當時，我的心中一定存在著某種心念，想乾脆讓她永遠失去雙腳。這種心念成了詛咒，至今仍在作祟，就跟過去初代Disaster以怨念塑造出『災禍之鎧』的情形一模一樣……」

抱著坐墊的雙手越來越用力，低沉而沙啞的聲音在昏暗的寢室中傾洩而出：

「……Raker跟你的心念，是『希望』的體現，但我不一樣。正好相反，我是用『憤怒』、『怨恨』跟『絕望』的力量來覆寫現象。我不會建立或創造任何東西，就只是切斷一切，讓別人喪失一切，我的虛擬角色這種醜惡到極點的外型就象徵了這一點……重生的，不，應該說是靠你重建起來的第二代『黑暗星雲』成員也不例外，只要繼續跟我並肩作戰，遲早有一天……一定會……」

後半段話實在太深沉，聽在春雪耳裡，簡直像在承受黑雪公主無聲的自責。

——不對，不是這樣，絕對不是這樣。

妳的本質不可能會是「絕望」或「喪失」，因為妳救了我。妳拚命對我伸出援手，將我從又黑又濁的泥沼底下拉出來。妳給了我壓倒性的「救贖」！

春雪在腦海中這麼呼喊，但將這翻騰洶湧的情緒化為言語的能力卻決定性地不足。他用力咬緊牙關，拚命思考如何才能讓黑雪公主知道，她與BRAIN BURST給了自己多少希望。

過了大約五秒鐘之後，他得出的答案是——

「……學姊。」

春雪叫了她一聲，輕輕遞出一個他從床頭櫃角落拿出來的物體。

那是一條以銀色外皮包住的ＸＳＢ傳輸線。春雪左手握住一邊接頭，右手拉出另一邊說道：

「學姊，請妳跟我『對戰』。我想只要妳跟我打過，一定就會知道，知道妳……妳對我來說是多麼……」

春雪壓抑不住湧上心頭的情緒，眼淚直流。他擤擤鼻子，深吸一口氣，以顫抖的嗓音繼續說下去：

「……知道妳對我來說，是多麼重要的、存在。」

黑雪公主半面向春雪，瞪大了雙眼。震驚、躊躇與恐懼的情緒交雜在一起，隨即固定為隱含著傷痛的淡淡微笑。

「……你永遠都有辦法讓我嚇一跳啊。」

說著，她接過了接頭。

但黑雪公主沒將這個接頭插在自己的神經連結裝置上，而是在春雪眼前以正座姿勢坐好。儘管處於這樣的狀況，但一陣香皂與洗髮精的味道飄來，仍然令春雪差點把持不住意識。黑雪公主左手放上春雪的脖子，輕輕將他擁入懷中，並在他耳邊輕聲細語：

「仔細想想，我跟你之前似乎都沒有一對一打過，這次是……」

說著，她將接頭插在春雪的神經連結裝置上。

「……是、是第一次。」

春雪這麼回答，接著也努力壓住手上的顫抖，將接頭朝黑雪公主的神經連結裝置拉過去。兩人面對面坐好，互相擁過對方的頭，同時插上接頭。視野中開始閃爍有線式連線的警告。

不只是數位訊號，春雪甚至覺得雙方的意識連接在一起。他陶醉在這樣的感覺之中，慢慢唸出了指令：

「超頻連線。」

裹在銀色金屬裝甲之中的精瘦雙腳，踏上了龜裂的大理石地板。

春雪住的大樓化為了一棟以白色石灰岩建造的神殿。區隔大樓中各戶與各個房間的牆壁全都消失，整層樓全部打通。天花板的高度也很高，到處都可以看到希臘風的圓柱支撐。一道道淡黃色的陽光，從外圍開口部分射入。

跟之前黑雪公主幫春雪上第一堂課時相同，是「黃昏」場地。

春雪仔細檢查完周遭，將視線拉回正面。就在約二十公尺遠的地方，有著黑曜石光澤的虛擬角色靜靜地站在那兒。

她雙手雙腳都是長長的劍刃。苗條腰身有著狀似花瓣的裝甲護裙圍繞，面罩兩側發出銳利的光芒。

加速世界的叛徒——黑之王「Black Lotus」沒有擺出架勢，雙手下垂，微微低著頭。但她嬌小的身影，卻強烈地放射出一種讓人錯以為自己站在巨大斷頭臺下的沉重壓力，讓春雪的化身「Silver Crow」那精瘦的身體猛然一顫。

——不行，現在不是退縮的時候！

他在銀色面罩下對自己這麼吶喊。

春雪之所以要求黑雪公主跟自己『對戰』，理由其實極為單純。他只是想傳達一種支撐自己當超頻連線者的信念。那就是——

「BRAIN BURST」的本質，是一款網路對戰格鬥遊戲。

再者，玩任何遊戲都應該要去享受它的樂趣。

透過玩遊戲，可以享受到刺激、興奮與感動。換成網路遊戲，則要去享受競爭與並肩作戰的同袍情誼。所有玩家都有權利得到這些東西，遊戲絕對不是為了讓人痛苦而存在的。

要將這個信念傳達給黑雪公主知道，春雪唯一能辦到的方法，就是在此使出渾身解數來跟她打。她認定自己的虛擬角色跟心念都只體現出「絕望」，甚至還會把交手過的對象牽連進來，而春雪就要全力向這樣的她挑戰，並讓她回想起對戰的樂趣。

——所以，我要……

「學姊，我會來真的！」

春雪這麼一喊，猛然朝地面一踹。

Black Lotus仍然不動，但春雪毫不放慢速度。他轉眼間跑過二十公尺的距離，跨步的力道強得幾乎踏碎大理石。

第一招是他最拿手的右直拳。這一拳將腰部與肩膀都扭到極限，打向她的身體正中央，黑雪公主則拿捏極準，輕飄飄地退後並斜身閃過。

她儘管接受了春雪的挑戰，看起來卻依舊十分迷惘，動作沒有往常的俐落。右手劍固然做出了迴劍反刺的動作，但春雪卻能將劍尖看得一清二楚。

春雪將前伸的右手五指併攏，讓手腕像鞭子似的甩動，企圖以手刀迎擊黑雪公主的突刺。

儘管沒直接對戰過，但他們一起參加領土戰爭已經超過半年，讓春雪找出了黑雪公主近戰時一個小小的弱點。

Black Lotus四肢的刀劍確實是攻防合一的駭人武器，但刀劍終究是刀劍，威力有著明確的指向性。具體來說，就是攻擊力完全集中在刀鋒，刀身甚至可說是脆弱。

當然這些刀劍應該不至於一招就能折斷，但仍然可以讓劍刃的損傷不斷累積。要在近戰中找出勝機，唯一的途徑就是看準這一點猛攻。

「……喝！」

春雪短短一聲呼喝，右手手刀就要擊向刺來的劍身——

但他預期的衝擊並沒有發生。

反而是一股軟綿綿的手感傳了回來，讓春雪驚訝不已。

漆黑的長劍微向外偏地劃著圓，捲起春雪的手刀。明知實際上不可能發生這種情形，但看在春雪眼裡，只覺得劍刃化為一柄軟劍，甩成螺旋狀想纏住他的手。但這樣的感覺也沒有維持太久……

「哼！」

黑雪公主也發出呼喝聲，往前踏上一步，右手銳利地一甩。

緊接著，一陣爆炸性的反作用力從春雪的手臂一路震向肩膀與胸口。

「這……」

當他喊出這一聲時，已經被打得朝後飛開，整個人身不由己，背部撞上遠處的某根圓柱。柱子在轟然巨響聲中碎裂，但春雪仍然沒有停住，又在地板上滾了好幾圈，最後才躺成一個大字形停住。

春雪看著眼前直冒的金星持續了一秒鐘以上，才猛力搖頭，迅速站起身。他好不容易踩穩搖搖晃晃的腳步，抬頭大喊：

「剛……剛剛那招是怎麼回事？」

黑雪公主從遠處以慢慢飄過來，微微聳肩回答：

「該說是以柔克剛……吧？以後我會找時間告訴你我去橫濱中華街區域修練時的往事……不說這個了，春雪，你不是有話要跟我說嗎？」

她的語氣十分平靜，但春雪卻強烈地意識到其中蘊含著一抹寂寥感。

現在的黑雪公主果然受困於平常深深埋在心底的感情。她在鑽牛角尖，認定自己的對戰只會產生負面能量，沒辦法帶給對手一絲對戰的興奮，也無法產生那種不打不相識的情誼。

——不對，不是這樣！

——我正感受著最大規模的戰慄。這個世界上竟然有這麼強悍的人存在……而且這個人竟然願意跟我打，令人感動得全身發抖。

春雪忍住將心聲大喊出口的衝動，握緊雙拳。

用言語一定無法溝通，所以他要對戰。情況不容許他只被打飛一次就嚇得腿軟，必須竭盡自己所能，絕不能讓對戰平白結束。

「……我用拳頭來說！」

春雪大喊一聲，再次往前衝刺。

剛剛把他打飛的那一招，讓他的體力計量表減少了將近兩成，但也累積了必殺技計量表。春雪在奔跑的同時，慢慢張開背上的金屬翼片。

他放棄從側面反制Black Lotus劍刃的企圖，決定將一切賭在花了長時間偷偷修練出來的零距離三次元連續攻擊。

「唔……哦哦！」

春雪大吼，再次揮出右直拳。黑雪公主也同樣回以右刺。要是他不變招，就會輸在長度上而先挨這一劍。

閃亮的劍尖逼近，眼看就要劃上頭盔——

春雪讓左半邊翅膀強力振動一下。Silver Crow的身體沒經過任何預備動作就往右滑開，劍刃從頭盔側面掠過，擦出幾點火花。

「……！」

黑雪公主小聲倒吸一口氣，但動作沒有絲毫停頓，身體以左腳劍尖為中心旋轉，企圖閃過春雪的拳頭。這一瞬間，春雪改讓右半邊翅膀振動，將軌道再度往內側修正——

鏘一聲，極小但確實存在的衝擊音響起，Black Lotus的左肩裝甲迸出火花。視野右上方的體力計量表只動了最小單位——一條掃瞄線，但確實有所減少。

——就是現在！

「喝啊啊！」

春雪大喝一聲，高舉右腳。以常識來判斷，在這種貼身肉搏的狀態下，上段踢根本踢不中對手，因為從作為軸心的左腳腳尖到實際製造損傷的右腳腳尖之間，必然會拉出一定的距離。看來黑雪公主也如此判斷，只見她不閃不格，企圖以肘擊反攻。

這時，春雪又將右半邊翅膀的推力瞬間全開，以前傾的身體中心為軸，形成上段踢本來不可能有的極小半徑，讓這一腳呼嘯生風地朝她踢去。

黑雪公主想也不想地收手後仰，但Silver Crow銳利的腳尖仍然劃過Black Lotus面罩左側，再度製造出火花與最小限度的損傷。

春雪的大招打完，本來應該會被迫陷入短暫的僵直狀態。黑雪公主似乎不想貼身肉搏，往後一跳放低姿勢。然而春雪卻順勢利用慣性，左腳往地上一蹬，再度以右翼提供瞬間推力，利用產生的迴旋力放出左腳後旋踢。

黑雪公主以彎曲的左手格擋，造成一陣強烈的衝擊。閃光特效將雙方裝甲與周圍的大理石都染成橘色。

春雪感知到右上方的計量表少了兩條掃瞄線，同時利用這一踢的反作用力加上左翼推力，令身體在空中急速反轉，藉這股動能以左手刀直刺，指尖淺淺地貫進黑雪公主的右肩。接著他在雙方正對面時解放雙翼，雙膝往前一頂，儘管這一下很可惜地被她以右手擋住，但截至目前為止最大規模的衝擊仍然撼動了整個場地。損傷達到三條掃瞄線。

——這種利用翅膀瞬間推力達成的無間斷連擊，就是春雪繼「迴避槍彈」之後特訓出的第二種飛行能力使用方式，他命名為「空中連續攻擊（Aerial Combo）」。這招與第一種用法「俯衝重擊（Dive Attack）」相比並不起眼，也無法造成嚴重傷害，但這種連擊不僅在室內也能使用，而且只要兩成左右的必殺技計量表就能發動。而且這招還有個最重要的優勢——初次遇上時幾乎不可能反應得過來！

「哦哦哦！」

春雪全身沉浸在這種幾乎讓神經系統都擦出火花的加速感當中，繼續提升連擊的速度。他保持貼身肉搏狀態，幾乎完全不落地，持續以四肢使出攻擊。每一招都被Black Lotus驚險地閃過或擋住，但硬削出來的損傷仍然繼續在她的ＨＰ計量表上累積。

春雪忘我地躍動全身之餘，更在腦海中呼喊。

——學姊，這就是現在的我。是妳從泥沼拉起我，賜給我翅膀，而這就是我的全力。如果妳的本質是「絕望」，是割捨一切的「喪失」……那現在這場戰鬥又要怎麼解釋？

不知不覺間，Silver Crow的身影化為空中一道道銀色閃光的集合體。春雪曾在梅鄉國中校內網路的虛擬壁球遊戲中，鍛鍊出完全沉潛環境下的過人反應速度，還曾因而引得黑雪公主矚目。現在他就將這種反應速度發揮得淋漓盡致，不斷使出空中連段攻擊。他已經出手多達數十回，但仍然沒有一招能夠完全命中。黑雪公主默默地堅守到底，一心一意地閃躲或格擋春雪那理應不可能預測的連續攻擊。

兩人之間沒有言語交流，但從某一刻起，春雪便已意識到，當兩個虛擬角色相互接觸時，就有種濃厚的感慨雙向傳遞。

那是一種感嘆。春雪對黑雪公主防禦技術的讚嘆，而黑雪公主則多半是對春雪的空中連段讚嘆。兩人都在感受一種無邊無際的深沉感動。

忽然間，他似乎聽到了一個聲音。

——啊啊，原來……的確是這樣啊。

——這才是「對戰」。只要忘記一切雜念，跟對戰虛擬角色融為一體，想怎麼動就怎麼動，這樣就夠了。哪怕這個世界會在短短一點八秒之後消失，哪怕這樣的交流只在一點八秒之後就會結束……心無旁騖的「對戰」一定能夠留下一些東西，帶給自己一些東西……

——小時候我跟Rider之間、跟Raker之間進行過的無數場對戰，也一定……一定能夠創造出一些寶貴的事物……至今仍然留在彼此心中……

春雪不知自己是不是真的聽到了這些思念。

因為這些聲音，是在春雪不知道已經揮出第幾十記的右拳，打在黑雪公主的左手劍上，被她往後一帶，在那短得幾乎不能算是時間的一瞬間傳過來的。

下一瞬間，春雪的拳頭再次被那神奇的引力帶去。

……啊，以柔克剛……！

春雪咬緊牙關，企圖以爆發性的反作用力抵抗。

但他要的東西沒有來臨。春雪的身體被吸進黑雪公主懷裡，被她以雙手牢牢抱住。

「咦……」

事態發展太出人意料，讓春雪無法判斷如何是好，整個人僵住不動。但這次耳邊卻聽到了她真正的聲音：

「春雪，你好棒。」

——咦？對戰結束了？可是兩個人的計量表都還很滿，而且剩下的時間也還很夠啊？

儘管腦子裡一團亂，但目光瞥向雙方體力計量表的瞬間，春雪立刻恍然大悟。

由於毫不間斷地使用翅膀瞬間推進，Silver Crow的必殺技計量表累積的速度還沒有消耗得快，剩下不到一成。

而Black Lotus的必殺技計量表則透過無數次的格擋集滿，發出燦爛的藍色光芒。

「我有兩年半沒有用過這招了。謝謝你，Silver Crow，你打得很漂亮。」

聽到這幾句耳語時，Black Lotus繞到春雪腋下的雙手發出了強烈的藍紫色閃光。

「『死亡擁抱』。」

喊出招式名稱後……音效唰一聲輕輕響起。殘響尚未消逝，Silver Crow的整條體力計量表已經染成紅色——從右端迅速減少——就此歸零。

……受不了，這威力也太扯了。

春雪滿心陶醉在這最後最大的感嘆之餘，眼前浮現出一行寫著【YOU LOSE】的文字。所幸搶在對戰虛擬角色被砍成上下兩截的感覺來臨前，春雪全身已經發出銀光，炸得粉身碎骨。

歷經一陣充滿飄浮感的黑暗，回歸到現實世界。

春雪在房間床上醒來，連連眨眼，想看看理應近在眼前的黑雪公主臉上的表情。

但他辦不到。因為不知不覺間黑雪公主已經整個人貼了上來，頭靠在春雪左肩上，雙手繞到他背後。

「學、學姊，等等……」

黑髮搔著臉頰的觸感與洗髮精的芬芳直衝腦門，讓坐在床上的春雪幾乎就這樣跳了起來。但他當然做不出這麼高難度的動作，反而失去平衡往後一倒。儘管想用翅膀的推力恢復平衡，但血肉之軀的背上當然沒有任何東西。

春雪咚一聲倒在床墊上，緊接著黑雪公主苗條的身體便緩緩壓到他的肚子上。周圍只有輕微的空調運作聲，春雪瞪大雙眼，全身真的陷入了僵硬狀態。先鎮定下來，要冷靜判斷之後再行動！想歸想，但他連發生了什麼事都完全無法掌握。

晚上十一點，睡在自己的床上，身著平常穿的運動服。到這裡都沒問題、沒有任何問題。但穿著睡衣的黑雪公主趴在自己身上，雙手繞到背後，還抱得越來越用力，這個樣子──真的是現實嗎？而且真要說起來，為什麼會變成這種狀況？該不會打從一開始就中了病毒之類的惡意程式才產生這種錯覺吧？

「……你嚇了我一跳。」

血肉之軀發出的聲音直接從左耳注入，停住春雪混亂到了極點的思緒。

「不知不覺間……你竟然已經變得這麼強了……」

聽到這句充滿感慨的耳語，春雪完全無法思考，嘴巴不由自主地回答：

「可、可是學姊幾乎滿血獲勝……」

「那只是反映出等級差距而已，打鬥過程遠比你想像中更加勢均力敵。我好久沒有像那樣

被逼得只能拚命防禦，在你的空中連段使完之前都只能招架，不能還手。」

「真……真的嗎……？」

春雪還半信半疑。憑他自己的感覺，自己跟黑之王之間的實力差距，依然足足有從太空電梯的底端太空站到頂端、不、甚至是到靜止軌道那麼遠。

但黑雪公主微微抬起頭來，從極近距離看著春雪的眼睛，露出淡淡微笑：

「當然是真的啦。啊……要是我有辦法告訴你我現在有多高興、多感動，那該有多好！」

那雙漆黑的大眼睛深處，有著星塵般閃閃發亮的光點在翻動。單單看著這樣的景象，就讓春雪差點當場不省人事。過去雙方的身體從來沒有貼得這麼緊，讓他分不清現在感受到的劇烈脈動，是發自誰的心臟。

彼此的視線就在鼻子幾乎碰在一起的距離相互交錯——

黑雪公主平靜地說下去：

「……至少，我打算相信自己走過的路。即使留下了許多遺憾……但我在加速世界度過的漫長時間，近乎無限多次的對戰，卻永遠不會白費。因為我就是走在這條路上，才能找出你，邀你同行……」

她以右手五指輕撫著春雪的臉頰。

「春雪，你是我的驕傲。」

聽到這句話的瞬間。

春雪心中所有因當下狀況而引發的動搖當場蒸發。

一股熱流從雙眼滿溢而出，沿著兩頰流到床單上。液體一流再流，始終不停。

他連忙使力眨了幾下眼，用右手手背在臉上用力擦拭，並以沙啞的聲音辯解：

「這……這個，對、對不起。我……這個……我、我……」

但沒想到連聲音都嚴重顫抖，說不了幾個字就像個三歲小孩似的發出打嗝聲。他拚命壓抑這種生理現象，繼續說下去：

「……從、從來沒有人說過，我是他的驕傲……這是我這輩子、第一次，所以……」

春雪不想再讓她看到自己難看的哭臉，說著就低下頭去。

但黑雪公主全身壓住春雪，以右手搔得他頭髮一團亂，自己的臉也貼上他那被淚水沾濕的臉頰，在他耳邊輕聲說：

「那你缺的這十四年份就由我來說個夠。你是我……黑之王Black Lotus最引以為傲，獨一無二的『下輩』，也是我最棒的搭檔。」

每當她的手輕輕摸在自己頭上，就有股卡在胸口的鬱悶感覺得到釋放。春雪深吸一口氣，輕輕閉上雙眼。

他耳裡聽到極輕極小的說話聲：

「不，還不只是這樣。現實世界中的你，有田春雪，也是我，黑……的……」

但他沒能聽完這句話。

因為春雪這時犯下了今晚最大的錯誤。

使盡全力對戰的疲勞、滿腔情緒慢慢融開的甜蜜痛楚、溫柔的撫摸，以及貼在一起帶來的體溫，這些感覺相互交疊，將他的意識吸進柔和的黑暗當中——

也就是說……他睡著了。睡得不省人事，簡直像個三歲小孩。

最後他隱約聽到了一句摻雜著苦笑的話。

——晚安，春雪。

7

叮咚。

輕快的鈴聲在大腦中心迴盪，撼動了深沉的睡眠。

醒了一成左右的大腦心想奇怪，自己平常用的鬧鐘不是這種音色。而且鬧鐘在床頭櫃上，聲音應該來自上方才對。聲音沒有經由耳朵就直接在意識中響起，這樣的感覺……啊啊，對喔，原來自己粗心大意，神經連結裝置沒脫就睡著了。但願機殼不要壓出裂痕……

叮咚。

又是一次門鈴聲。這時他才發現這不是鬧鐘的聲音，也不是收到郵件或呼叫的音效，而是通知有訪客上門的門鈴聲。他心不甘情不願地微微睜開眼睛，望向掛在左邊牆上的時鐘。早上九點。

母親應該深夜才會回家，不知道是不是指定上午送達的宅配到府？春雪一瞬間想說乾脆裝作沒聽到，請對方放進宅配箱，但反正現在這時間他也非起床不可了，因為拓武他們十一點就會過來。

最後春雪用力閉眼，接著坐起身子。

緊接著他感到脖子右側有一股小小的抵抗，不明就裡地轉動視線一看，發現神經連結裝置的外接孔上連著一條銀色的ＸＳＢ傳輸線。由窗簾縫隙間射進的陽光，將這條延伸到薄毛毯下的線材照耀得閃閃發光——

他順著傳輸線找過去，發現毛毯下露出了有著亮麗黑髮的頭部。

「嗚……」

哇啊啊啊啊！春雪用雙手拚命按住嘴不讓自己尖叫出聲。一陣幾乎讓全身血液循環逆流的震撼，讓他的腦袋瞬間清醒。哪怕他連眨了不知道多少次眼睛，這個小小的頭還是沒有消失。不但沒有消失，毛毯還明確地浮現出苗條身體側躺的輪廓。事情已經不容懷疑，有人躺在春雪床上離他不到五十公分處，背對著他在睡覺。

「唔唔……嗯。」

這人不知是不是感覺到春雪動搖的模樣，輕輕翻了個身，毛毯隨之滑落，露出先前遮住的臉孔。

「黑……」

雪雪雪雪雪？這第二發的尖叫總算也壓了下來。這副春雪十分熟悉卻又百看不膩的美貌，無疑屬於黑雪公主。

儘管腦子裡幾乎發出慘叫，想問到底為什麼會變成這種狀況，但春雪總算想起了昨晚的事情經過。他跟深夜來到房間的黑雪公主聊了一會兒，接著以直連方式進行對戰。之後的情形他已經記不太清楚，總之黑雪公主就在這張床上睡著，而且春雪完全不記得事情怎麼發展到這一步。這實在是天大的疏忽、天大的失態。

儘管他僵硬得像是成了一尊石像，但還是擠出所有意志力，告訴自己千萬千萬不可以看黑雪公主睡衣明顯翻起的邋遢睡相——

叮……咚。

聽覺再次收到一聲比先前稍長的門鈴。春雪心想這宅配業者還真有耐心，朝視野右方的訪客視窗一看，卻發現對方沒留在一樓大廳等，已經來到了二十三樓。無可奈何之下，他只好先放過這種狀況，輕輕拔掉傳輸線，一寸一寸地挪著身體下床。他放輕腳步，走出房間關上門，邊小聲回答來了來了邊朝玄關衝去。

「對不起，讓你久等……」

春雪把最後的「了」字硬生生吞回去。

笑嘻嘻站在門前的人，並不是送宅配的小哥。

這名訪客穿著水藍色連身蛋糕裙，頭戴純白寬邊帽，身上還罩著一件同樣純白的短外套。裙襬下露出的修長雙腿裹著橫紋過膝長襪，一頭輕柔的長髮披在背後，雙手提著一個小小的包包。春雪不可能會看錯，這人是——

「師……師父？不對，Raker姊！」

這名女性輕輕點頭回應茫然出聲的春雪，答話的聲音比隔著網路聽見時更柔和也更清澈：

「早安，鴉同學。在現實世界見面時叫我楓子就好了。」

「黑暗星雲」副團長，8級超頻連線者「Sky Raker」，本名倉崎楓子。聽到這位年長他兩歲的女性這麼說，春雪再次鞠躬回禮：

「啊，好、好的。楓子姊早安。啊，對不起，請進請進！」

「謝謝，打擾了。」

春雪關上門，替脫下涼鞋的楓子拿出拖鞋，以還有點昏沉的腦袋找話說：

「不、不過……楓子姊怎麼這麼早就過來了？離集合時間還挺久的……」

「呵呵，對不起囉。我也覺得這樣會給你帶來困擾，可是一想到終於可以來拜訪鴉同學的家，我就再也忍不住了。當然我還是有趁早先送一封郵件通知啦……」

「對、對不起，其實我一直睡到剛剛。」

春雪不好意思地笑著回答，接著才想起一件事——

現狀已經不容他傻笑了。

這一瞬間，軍團長黑雪公主正在只要走幾步就能到的春雪寢室床上睡得香甜無比！而且從上到下都穿著睡衣！

——怎怎怎怎麼辦？不，現在不是慌張的時候了。要思考、思考。對了，就先請Raker姊到客廳坐，然後偷偷收走學姊的行李，請她換好衣服，假裝是從玄關進來。就是這樣，沒有別招了。

春雪瞬間擬出祕密作戰計畫，看著Sky Raker先仔細將脫下的涼鞋放整齊才換上拖鞋，緊接著就朝客廳的方向一指：

「請、請進這邊請請往這邊直走！」

「嗯……嗯，打擾囉。」

Sky Raker儘管訝異，仍然微微一笑往前走，以唱歌似的語調在春雪耳邊低語：

「其實啊，我之所以這麼早來，有一部分原因在於想跟鴉同學兩個人好好聊聊。畢竟這陣子除了領土戰以外，都沒有機會見面……我想好好跟你道個……謝……」

她之所以話說到一半卻猛然減速停住，理由其實非常明顯。但春雪卻來不及洞察這點，因為這個時候，他自己踏出的那隻腳也當場定格。

兩公尺外的走廊角落，有個身影以滑行般的步伐現身。這個穿著暖灰色睡衣的人物，一臉睡昏頭的表情先看看春雪，再看看楓子。

這人眨了眨長長的睫毛，動起嘴唇，發出百分之百剛睡醒的聲音：

「早安，春雪。」

接著又說：

「早安，楓子。」

春雪反射性地鞠躬，回了一聲「早安」，Sky Raker也跟著答道：

「早、早安，小幸。」

「嗯。」

小幸也就是黑雪公主。她一副腦袋有八成還在睡的模樣點點頭，接著把臉轉回正面，再度以類似她虛擬角色懸浮移動的步伐從兩人視野中走過，最後消失在左方。幾秒鐘後，傳出洗手間的門打開又關上的聲音。

一陣鴉雀無聲。

打破這陣高密度寂靜的並不是聲音，而是個動作。一隻白皙的手掌從右側伸來，揪住春雪的耳朵用力拉扯。

春雪全身撐直，被她拉得轉了一圈，緊接著發現Sky Raker臉上前所未有的燦爛笑容已經近在自己眼前。當春雪逃避現實地想說這個表情他似乎有看過時，隨即想到了答案。之前在加速世界無限制中立空間內的東京鐵塔遺址，Sky Raker曾為了鍛鍊春雪而將他從塔頂推下去，當時她虛擬角色臉上的微笑就跟現在一模一樣。

Raker以溫和語氣詢問嚇得縮起脖子的春雪：

「……鴉同學。這、到底是、怎麼回事呢？」

「……妳、妳誤會了。」

春雪除了搖頭以外，想不出任何作戰計畫。

約十分鐘後。

已經換上梅鄉國中制服的黑雪公主跟換上家居服的春雪並肩坐在沙發上，楓子則坐在他們對面，一語不發地拿著紅茶杯就口。

她在喀的一聲輕響中將茶杯放回盤上，抬起頭來，臉上掛著一如往常的平靜微笑，但春雪敢肯定如果這裡是虛擬實境空間，她的額頭上肯定已經閃爍著顯示憤怒的情緒標記。

「……好吧，情形我了解了。昨晚的確下了氣象預報沒預測到的大雨對吧？東京都二十三區西部也發生了網路不通的情形對吧？要回家也許真的有困難對吧？」

「妳、妳說得沒錯，楓子，昨晚雨下得可大了啊，還有雷也打得很大。簡直就像Purple那傢伙抓狂時一樣……」

楓子對比手劃腳的黑雪公主報以微笑，但這笑容卻有著足以跟必殺技「極凍黑雪式微笑」一較高下的攻擊力。以屬性來說多半是風，沒錯，以後就將這招命名為真空破Raker微笑吧。小百不在這裡真是萬幸，要是再加上她的超火力千百合光束，這個房間，不，這整棟大樓都會被對消滅能量夷為平地……

春雪正轉著逃避現實的念頭，耳裡卻聽到楓子的下一波攻擊：

「那麼這事我可以理解。可是既然如Lotus所說，沒有任何不可告人之處，那麼我應該也不需要幫忙隱瞞這件事吧？等Bell跟Pile知道，他們一定會對軍團長跟Silver Crow的親密關係感動得不得了……」

「這、這這這這個有點……！」

黑雪公主一句話說不出來，春雪的慘叫又疊了上去：

「哇、哇，師師師父，請妳千萬別這樣。」

「那我們就這麼辦吧。」

她再次笑嘻嘻地亮出Raker式微笑：

「請你在這個月內，也招待我參加過夜聚會。只要你答應這個條件，要我幫你們隱瞞倒也不是辦不到喔？」

「妳……妳妳妳在說什麼鬼話啊楓子！」

「唉呀，我好歹也曾經讓鴉同學在我家過夜吧？而且還附餐點跟枕頭。」

「這……這這這是怎麼回事春雪！」

「妳妳妳妳誤會了那不是現實世界而是加速世界發生的事，而且我當時明明是睡地板！」

春雪高速搖著頭，同時心想——

以前自己有看過Sky Raker這麼開心，看過黑雪公主這麼不設防嗎？這兩人果然在靈魂深處緊緊相連。她們曾經共有過一段春雪沒有參加的歷史，是不折不扣的知己好友。

她們的友情曾經被無可避免的命運斬斷，而三年後又在命運的引領下重逢，如今關係已經完全修復。春雪很想這麼相信，只是想歸想……

從去年秋天以來，春雪就以崇拜的心態一心一意看著黑雪公主，所以他知道。即使心結看似已完全破除，但在現實世界中面對楓子時，黑雪公主的眼神深處總有著化不開的沉痛；而且Sky Raker的笑容背後，多半也蘊含著等量的自責。

若玩家企圖將「心念系統」鑽研透徹，就必須面對自己的精神創傷，因為只有強烈的願望才能產生堅定的想像，而願望跟欠缺其實是一體兩面。這種黑暗得連自己都想忘記的心靈空洞，乃是構成對戰虛擬角色的核心，唯有面對——有時甚至得親自下去一探究竟——這樣的空洞，才能獲得足以「覆寫現象」的強大力量。

三年前Sky Raker就這麼做了。她企圖透過心念的作用，將系統給予的「噴射跳躍」提升到「飛行」的地步，因而不惜切斷虛擬角色的雙腳來讓自己的欠缺變得更純粹。春雪也不例外，如果將來他想追求超出心念基本技巧的力量，想必也必須揭開好不容易即將痊癒的精神創傷，讓傷口再次流血。春雪的精神創傷是對自己的厭惡，厭惡這個又醜又胖，不會說話，不會運動也不會唸書的自己。

——不，其實也許不是這樣。

——畢竟那時我還沒有現在這麼胖，當時站在這間客廳的門後偷聽裡面的人講話時，我還沒有現在這麼胖。可是……當時小聲在裡頭吵架的人卻說我……不對，不是這樣，是因為我太胖，因為我總是畏畏縮縮，所以他們才會覺得我這種人……

「……雪，春雪！」

右手突然被拍了一記，春雪這才驚覺地抬起頭來，視線跟表情訝異的黑雪公主撞了個正著，當場反射性地低下頭去。

「……你怎麼啦？怎麼突然不說話？」

「鴉同學……你……臉色很差耶……？」

聽Sky Raker這麼說，春雪趕忙搖頭。

「沒、沒有，沒什麼！我、我只是……想到心念系統……」

他毫無自覺地說到這裡，才發決現在提這個話題實在太不恰當，因而用力咬緊嘴唇，只是說出來的話也沒辦法收回了。黑雪公主跟楓子不約而同地瞪大眼睛，經過幾秒鐘的沉默之後，兩人露出了相似的微笑。

「……是嗎？那麼，你是不是想問些什麼？」

黑雪公主彷彿看穿了春雪的心思，手輕輕湊了過來。平常她的手指摸起來涼涼的，現在卻有些溫暖，讓春雪小聲呼了口氣。楓子投來的眼神也同樣充滿溫暖的光芒，讓他不知不覺間有一句沒一句地開了口：

「呃、呃，這個……我是在想，照心念系統那樣的機制……是不是說到頭來超頻連線者核心所在的欠缺越大……也就是說在現實世界裡越不幸，在遊戲裡就能變得越強……」

「不對。」

「這你就錯了。」

兩人立刻做出回答，接著交換了一個眼神。看來只是這麼一個小動作，已經讓她們決定好誰負責說下去。坐在春雪右邊的黑雪公主，轉身正面朝向春雪，繼續說道：

「『精神創傷』終究只是決定對戰虛擬角色屬性的鑰匙，加速世界裡可說有著無限多種比屬性更強大的力量。從擬定戰略戰術的知識、透過修練與經驗培養出的戰鬥力，到跟朋友、伙伴或是對手之間的情誼。即使演變成心念戰，這些因素的優勢仍然絕對不會動搖——而最重要的是，認為擺脫不了現實中不幸的人，會比單純享受『對戰』樂趣的人還強，這不是跟你的信念正好相反嗎？」

「是、是啊，這……話是這麼說沒錯……」

「你的信念絕對正確，千萬不要懷疑……不過，接下來我們要在這個大前提下補上一些註釋……」

這時黑雪公主閉上嘴，Sky Raker十分自然地接過話頭：

「鴉同學，另一種現實也是存在的。」

「現、現實……？」

「對。哪怕看在他人眼裡會覺得只是單純在享受對戰樂趣的人……舉例來說，哪怕是像我的『下輩』Ash Roller這樣的超頻連線者也一樣，既然身為超頻連線者，在現實世界中幾乎就不可能毫無匱乏。原因很簡單，能夠安裝BRAIN BURST的必要條件，也就是『從剛出生就佩戴神經連結裝置』以及『具備高水準的量子連線資質』這兩個因素，跟現實世界中的幸福正好相反。」

聽到這句話的瞬間，春雪當場一口氣喘不過來。

父母會在嬰兒身上佩掛神經連結裝置，有九成以上的理由都是企圖節省育兒的時間精力。由於神經連結裝置會常態性監控體溫、心跳與呼吸，父母也就不用時時刻刻盯著嬰兒；此外，裝置還能自動執行各種學習程式，讓父母不用費心跟嬰兒說話；就連嬰兒晚上哭鬧時，都可以強制讓嬰兒進入全感覺沉潛狀態。然而無論哪個學者或是教育評論家，都無法強力主張這對嬰兒來說是一種幸福。

同樣地，有高度的量子連線資質這個條件，乍聽之下像是一群天之驕子才有的優秀才能，但其實並非如此。所謂的資質，也就是對神經連結裝置的適應性，取決於幼年時期進行全感覺沉潛的時間有多長、密度有多高。換句話說，就是取決於放棄過多少現實中的時間而躲進虛擬世界之中，就像過去總是在梅鄉國中校內網路裡打著虛擬壁球遊戲逃避現實的春雪那樣。

黑雪公主彷彿連他這些心思也都完全看穿似的，平靜地開口：

「……這麼說可能會讓你不太愉快……但事實就是幾乎只有得不到父母關愛的小孩，才有辦法滿足當上超頻連線者所需的必要條件。換句話說，如果從嬰兒時就一直有父母照看，跟父母肌膚相親，直接用聲帶談話，這樣的小孩根本不需要神經連結裝置或虛擬世界——可是我小時候就需要，Raker也是一樣。」

無力地深深點頭的春雪也喃喃說道：

「當然……我也需要。因為我小時候……好怕這個連晚上都只有自己一個人在的家……」

白皙的手指再次碰上春雪的手背，說出撫慰的話語：

「也就是說……幾乎所有超頻連線者，都有著一種共通的欠缺——缺乏真正的親子之愛。這就是楓子剛剛說過的另一個『現實』。而成為超頻連線者的人，在處於『上輩』立場行使只有一次的複製安裝權時，會本能地嗅出跟自己有著同種傷痛的人來當『下輩』。到頭來，我們對於在加速世界裡得到的第二次『親子關係』，會產生強烈的依賴與執著，為的是找回現實世界裡得不到的東西……這也就是我們對加速世界本身的執著。為了維持新的人際關係，我們就會試圖去維持加速世界的穩定與隱密。受不了……這個系統實在影射得太完美，我都想對開發者鼓鼓掌了……」

聽到黑雪公主呵呵笑了幾聲，楓子露出微微責怪的笑容說：

「真是的，小幸妳說話還是一樣那麼憤世嫉俗。鴉同學，我剛剛的確說過『不幸的現實』存在，但我可沒說這件事本身就是一種不幸。」

「咦……咦？」

Raker以只能用慈愛兩字形容的眼神，望向聽得連連眨眼的春雪，繼續說道：

「我想說的是這麼回事。『心念系統』確實需要精神創傷作為能量來源，也就是要利用精神創傷。所以從某方面來看，越不幸就越能體現出強大的力量這點或許沒錯。可是啊……每個超頻連線者內心最深沉最深沉的地方，其實都有著非常非常重大的傷痛，那就是『一出生就得不到雙親的關愛，只換來一副神經連結裝置』。只是當事人自己都記不清楚，所以都沒有反映在虛擬角色跟心念的型態上。既然如此，去比較誰更為不幸，不是很空虛嗎？要比，也應該比誰的『希望』大。心念系統的力量，絕對不是只取決於心靈空洞有多深，同時也取決於在這個空洞中紮根萌芽的樹長得多高。」

說到這裡，楓子的聲音有了一瞬間的動搖，視線慢慢落到玻璃茶几上。

「……只是，我以前就曾經想揠苗助長，結果把它連根砍倒。現在的我可能……沒有立場說這些……」

她的輕聲細語中充滿了悔恨，以及深得不能再深的心灰意冷。

黑雪公主朝著陷入沉默的Sky Raker伸出右手，說道：

「楓子，過來。」

Raker聽了，從對面的沙發站起，快步繞過茶几，在春雪左邊坐下。這兩名女性夾著春雪，硬坐在本來只供兩人坐的沙發上，還做出了令當事人完全意想不到的舉動。

她們從兩邊互相伸出手，夾著春雪緊緊抱在一起。這下春雪腦海中那些深刻的話題也當場拋到九霄雲外，震驚得縮起身體。

但不知道為什麼，本來應該無限持續下去的恐慌狀態，現在卻如暖陽下的冰雪一樣急速融化，反而有一道無以名狀的暖流在胸口擴散開來，跟昨晚在床上被黑雪公主緊緊抱住時那種甜蜜而揪心的溫度又不太一樣。

過了一會兒，頭上傳來楓子的輕聲細語：

「呵呵呵……簡直像一群小貓在巢裡等不到母貓，只好把身體貼在一起那樣。」

黑雪公主馬上回答：

「有人可以貼就很幸福了，而且夜晚很快就會過去，那時再到陽光下打滾玩鬧就好了。」

「說得也是……就是要認真去玩，拚命去玩。不管開發者跟ＢＢ系統有什麼企圖……這點我再也不會忘記。」

兩人就這麼貼著不動好一會兒，隨後自然而然地分開。黑雪公主一手放在還發著呆的春雪頭上說：

「首先就從今天的比賽開始！照BRAIN BURST的慣例，一定又是完全沒有說明書或教學，所以多半得費不少心思摸索，不過我們都要靠你囉，駕駛員！」

「好、好的……」

春雪趕忙點頭，接著背上又被Sky Raker輕輕拍了一記：

「就是說啊，我最討厭雖敗猶榮或是輸得漂亮這些說法了。還有，不了了之這句話我也很討厭。講好了要請我來過夜，要是敢不了了之，我就再把你從東京鐵塔遺址上丟下來一次。」

「咦……咦咦！可可可是這這這這這……」

「就就就是說啊楓子！明明還沒有人答應……」

「啊哈哈，不可以這樣喔，我已經在心靈的契約書上要到簽名了！」

春雪聽著Sky Raker笑得十分開心的聲音，再次下定決心。

今天的比賽非贏不可，至少說什麼也要抵達最頂端。這不是為了勝利或獎品，而是為了劈開那從過去一路延伸到現在，至今還在束縛她們兩人的荊棘。相信到了地上重力影響不到的四千公里高，一定能做到這一點。

就在這時，通知今天第二波訪客的鈴聲高聲響起。他朝時鐘一看，才發現轉眼間指針已經快走到十一點了。

「啊，好像是阿拓跟小百來了。」

春雪起身走了幾步，接著戰戰兢兢地問：

「師父，請妳，不要跟他們兩個，這個……」

「別擔心，既然講好了，我當然會保密。」

Sky Raker笑嘻嘻地點點頭，接著另有深意地使了個眼色。

「不過，祕密這種東西就是會不斷引來新祕密呢。」

哇，這個人是認真的！

春雪決定先將這個念頭丟到一旁，趁性急的千百合按下第二次門鈴之前跑向玄關。

「大膽刁民，還不下跪～！」

看到千百合在喊聲中高高舉起的籃子——嚴格說來應該是聞到裡頭散出來的迷人香味——飢餓的人們照慣例進行跪拜儀式之後，便開始填飽肚子。

從籃子裡拿出來的，是千百合媽媽大顯身手做的蕃茄海鮮義大利寬麵，量也足足準備了五人份——其實不只五人份，為的是讓拓武跟春雪可以多吃一些。看來她是一等料理完成，就立刻衝到上兩樓的有田家，因此從大盤裡分出來的義大利寬麵還冒著騰騰熱氣，讓坐在餐桌前的五人爭先恐後地動起叉子。

「嗯，這烹飪的本事了不起。」

「真的好好吃。」

黑雪公主跟楓子是第一次嚐到千百合媽媽親手做的料理，先後發出讚嘆聲，讓千百合有點不好意思地縮起脖子：

「嘿嘿，小春家裡聚了這麼多人可是空前的大事，所以媽媽好像也做得很來勁。」

「喂……喂，小百，妳不要講得那麼肯定好不好？」

春雪雖然提出抗議，但他自己最清楚這是事實，只好瞪了在旁邊偷笑的拓武一眼，接著專心大口吃麵。

黑雪公主同樣露出微笑，有點過意不去地說：

「仔細想想，從上次的『災禍之鎧』討伐任務以來，我們都沒問過春雪，每次一有事情都拿他家當出擊基地啊。其實應該由我來準備像樣的軍團總部才對……」

「哪、哪兒的話，大家儘管用沒關係！反正我家大人週末幾乎都不會回來。」

春雪趕忙這麼回答，接著發現談父母的話題多少會有點敏感，於是想也不想又加上一句：

「說到這個……以前，我是說第一代『黑暗星雲』的時代，總部都是怎麼解決的？」

春雪這麼一問，坐在他對面的黑雪公主跟楓子互看一眼，不約而同露出懷念的表情。楓子以平靜的聲調回答：

「當時的成員雖然比現在多得多，可是幾乎都沒有發展出會在現實世界見面的緊密關係。具體來說，會碰面的只有我、Lotus跟另外一個人。因為黑暗星雲這個軍團的向心力，不是靠成員之間相互認識而成立，全是靠著對Black Lotus這朵高不可攀的花所產生的強烈感情才會團結在一起。有人是因為崇拜或嚮往，有的則是想保護她。」

「保、保護……？」

拓武出聲反問，春雪跟千百合也連連眨著瞪大的眼睛。Raker見狀露出了更開心的微笑，同時補充說明：

「是啊，因為剛組成軍團時，Lotus在現實中的年齡還只有九歲。當然這種個人資料並沒有公開，不過從言行舉止多少看得出來。她儘管有著壓倒性的戰鬥力，卻又幼小而容易受傷，我想當時應該有很多超頻連線者都是看到這樣的她之後被迷得團團轉，不顧三七二十一就加入了軍團。」

「喂……喂喂，當時我的確還小，不過說容易受傷我可不能接受啊，Raker！」

「喔？那要不要我跟大家講一下當時促成我們在現實中見面的契機啊？」

「不、不可以！不行，我要禁止，絕對禁止！妳敢說出來我就『處決』妳！」

看到黑雪公主嚷嚷完後專心剝起蝦殼，春雪等人忍不住笑出聲。黑雪公主頭垂得更低，嘴裡嘀咕著：「年紀最大的還不是只有十歲或十一歲……」

楓子也嘻嘻笑了一陣，繼續說明：

「……所以呢，當時也沒有什麼大規模的總部，只是我想其他『王』的軍團應該也幾乎都是一樣。哪怕是同軍團的成員，要是王或重要幹部洩漏自己的個人資料，還是有可能招來莫大的危險……」

「唔，不過如果有把握可以完全掌握整個軍團，自然又是另一回事了。」

解決了蝦子的黑雪公主，忽然收起先前的表情說出這句話，讓春雪又愣了一下。哪怕軍團長擁有「處決攻擊」的特權，但只靠這招帶來的恐懼，要束縛住大規模軍團的所有成員終究還是有困難。「處決」的有效期限是脫離軍團之後一個月，所以只要做好躲完這段期間的心理準備，背叛仍然有其可行性。

但從黑雪公主的口氣聽來，似乎真的有「王」完全掌握了軍團。春雪本想問個清楚，但黑雪公主卻先輕輕放下叉子，以一貫的語氣心滿意足地說：

「啊啊，實在太好吃了！千百合，謝謝妳的招待，幫我跟令堂問好。」

「啊，好的！我本來還擔心會不合黑雪學姊的胃口呢，真是太好了！」

看千百合笑得這麼開心，她邊擦著手指邊投以苦笑：

「喂喂，我平常吃飯可是有夠隨便的，跟春雪有得拚。」

「咦咦？學姊，這樣對身體不好啦！」

看到千百合皺起眉頭，這次換Sky Raker一臉不在乎的表情說：

「那麼，搞不好鴉同學跟Lotus昨晚都是吃冷凍披薩也說不定呢。」

千百合跟拓武瞪大了眼，相對的春雪與黑雪公主則當場僵住。

「就、就算是冷凍披薩也沒關係吧，最近的產品有用ＣＡＳ冷凍技術，好吃得很呢！妳知道嗎？這是利用過冷現象，不會因為結凍而破壞細胞壁……」

春雪拚命扯開話題之餘，內心卻忽然想到一件事。

——搞什麼，完全掌握整個軍團的情形明明就近在眼前嘛。

現在的第二代黑暗星雲正是如此，不，甚至還要更好。畢竟所有成員都互相知道彼此在現實世界中的身分，甚至還會像這樣聚在一起吃飯。沒有人會懷疑其他隊友，彼此是靠著堅定的信賴而團結在一起，簡直就像一個大家庭。

儘管規模終究比不上成員達到四、五十人的大軍團，但春雪卻切身感受到，這種緊密的關係在今後對抗其他王時將會是最強大的武器。而在體會到這一點的同時，他也由衷祈禱這樣的關係可以永遠持續下去。他一瞬間閉上眼睛，緊接著立刻打開，忍不住暗自苦笑了一會兒。先前黑雪公主說過的話在他耳邊繚繞。

——為了維持新的人際關係，我們就會試圖去維持加速世界的穩定與隱密。

這句話完全體現出春雪當前的心理。

但春雪卻更進一步思考，哪怕自己的心思都沿著開發者希望的軌道在走，也不會讓這種關係的價值有絲毫減損。

沒錯，無論BRAIN BURST到底藏著什麼不為人知的目的都一樣。

我都會保護這個好「家庭」。

幾分鐘後，所有人吃完飯並收拾完畢，於是轉移陣地到客廳的沙發上。排成ㄇ字形的沙發組一共可坐五個人，大家並排坐下，將神經連結裝置串連在一起。

春雪迅速接好四條顏色各不相同的ＸＳＢ傳輸線，目光在眾人身上掃了一圈之後說：

「呃……等會兒加速進入『起始加速空間』後，請大家在原地等待。我會從安裝選單裡使用『輸送卡』，這樣應該就能讓所有人瞬間移動到赫密斯之索的底端太空站。」

其他四人點了點頭。比賽的詳細內容先前已經用郵件說明過，接下來就只要等時間來臨。

他們不看牆上掛的類比時鐘，目光注視著虛擬桌面右下方那個隨時會精確顯示日本標準時間的數位時鐘。離十二點還有兩分三十秒。

平常覺得現實世界中的時間快得像急流，現在卻覺得每一秒鐘都漫長得令人心焦。但數字仍然一秒秒減少，到了只剩二十秒時，黑雪公主輕快地發出清澈的嗓音：

「那麼各位……就讓我們在『赫密斯之索縱貫賽』裡全力玩個痛快吧！倒數開始！十、九、八、七……」

五人深深坐進沙發椅，同時閉上眼睛。六、五、四。

深深吸一口氣。三、二、一。

大喊：

「超頻連線！」

8

春雪順著一條光隧道往離地一百五十公里的虛空竄升，同時從粉紅豬造型的虛擬角色變身為對戰虛擬角色「Silver Crow」。他穿過一個特別耀眼的光環時，雙腳在金屬的地面上踏出了高亢的聲響。

緊接著，伙伴們的四道腳步聲接連響起。春雪從前屈姿勢慢慢站直，睜開閉起的眼睛。

緊接著──

「唔喔喔，是『王』！黑之王來了耶──！」

「這可越來越熱鬧了！黑暗星雲棒呆啦──！」

歡呼聲從四面八方湧來，讓春雪嚇了一跳。

「這……？」

他趕忙環顧四周，卻因為眼前的光景而愣住了。

這是一個呈平面的環狀金屬舞台，正中央聳立著一座鋼鐵高塔，周圍則是深藍色天空與綿延不絕的白雲。錯不了，這雄偉的景觀正是幾天前曾來過的太空電梯「赫密斯之索」。

但現在還多了三個上次沒看過的巨大物體圍繞在高塔外圍。

這些物體怎麼看都是「看台」。這些寬度恐怕有五十公尺的橫排階梯站位型看台，漂浮在比春雪等人所在舞台略高處。多達四排的座位上，被形形色色的虛擬角色擠得密密麻麻。三座看台加起來，人數大概超過五百。換言之，超過一半的超頻連線者來到了這個空間。

「這是……這下場面可夠看了……」

「真的，我從來沒看過那麼多人……」

Cyan Pile（拓武）跟Lime Bell（千百合）也站在春雪身旁，一副看呆的模樣喃喃自語。當然Black Lotus（黑雪公主）跟Sky Raker（楓子）就冷靜得多，但想來他們心中也是各有感慨，只默默仰望上空。

「……那些觀眾是怎麼沉潛到這裡來的啊……」

春雪下意識地這麼說，背後立刻有人回答：

「系統有發觀戰用的輸送卡。」

「啊、啊啊，原來如此……是喔，這系統偶爾也還挺親切的嘛……等等，哇！」

春雪嚇了一跳轉過身去，發現某個擁有暗紅色苗條身軀的對戰虛擬角色已經站在他背後，也不知道是什麼時候接近的。不用看那有對三角形耳朵的面罩與長長的尾巴，也知道她就是「日珥」軍團的「Blood Leopard」，簡稱Pard小姐。而在稍遠處，可以看到多半是她隊友的四個人正站著小聲說話。每個人都是春雪曾經看過幾次的老資格玩家，但其中並沒有火紅的少女型虛擬角色。

「Pa、Pard小姐，妳好。」

「sup（近來如何）？」

春雪先跟講話還是一樣簡略到了極點的豹頭虛擬角色打過招呼，再小聲地問：

「請問……仁子她沒來嗎？」

「她非常想參加，只可惜那『六大軍團互不侵犯條約』禁止王與王之間的競爭，即使是這類活動也不例外。不過她有叫我傳話，說要請各位『努力爭取第二名』。」

「啊……好、好的。」

春雪腦海中浮現出仁子不甘心的表情跟聲調，嘴角不由得露出笑容，接著又問：

「那，這個……不如我們隊跟你們紅隊，在快到終點之前就先聯手……？」

但Blood Leopard沒有回答。她將視線從春雪身上移開，無聲無息地開始走動。她從拓武跟千百合之間穿過，甚至也從黑雪公主身前走過——前往坐在銀色輪椅上的天藍虛擬角色身前。

兩名曾激戰過無數次的超頻連線者，無言地注視彼此。她們的眼中沒有敵意，但仍然散出一股堅硬而銳利的氣息，暫時趕走了四周的喧囂。

幾秒後，Pard小姐退開一步，朝黑隊全員瞥了一眼之後，再次面向Sky Raker說道：

「我會全力取勝。」

春雪心想，這是在宣告即使雙方軍團關係友好，她仍不打算套交情。不，其中一定還有著更深的含意。既然Sky Raker封印了「疾風推進器」，而且一直不參加正規對戰，那麼她們兩人恢復以前好對手關係的一天就再也不會來臨。一定是因為這樣，Pard小姐才會希望至少在今天可以認真比個高下。

Raker似乎也聽出了她的意思，深深點頭回答：

「正合我意。」

豹頭虛擬角色輕輕頷首回應，俐落地轉身，回到隊友身邊，五個人就這麼走向停在電梯塔本體最底部的十架飛梭。

仔細一看，就能發現排在那兒的飛梭五顏六色，而在傾斜的起跑格上方，還有著巨大的數位數字在倒數。離比賽開始，已經剩不到十分鐘。

「好了，我們也過去吧，最左端銀色那架就是我們的一號機。」

在黑雪公主的催促下，黑隊五人也走向自己的飛梭，結果又有個人影從右邊跑來。春雪不用聽對方說話，也知道這個穿著厚重皮靴大步跑來的虛擬角色是誰。

「ＨＥＹ、ＨＥＹ、ＨＥ——Ｙ！你跑來當慢吞吞的敗犬(lose dog)，不對，是敗鴉啦？」

「咦，奇怪，是Ash兄？」

「……我、我說你啊，我這種Mega coo——l的人物怎麼可能認錯！」

這個上半身往前挺的骷髏面罩男，無疑就是昨天才交手過的Ash Roller。春雪視線從他身上錯開，就看到這個剛跑來的傢伙，背後有艘明顯地染成了灰燼色的飛梭。看樣子這個世紀末機車騎士也成功註冊成駕駛了。春雪極為失禮地心想，如果他是憑自己發覺傳送門出現在通天樹，那就表示他其實是個知性派的人物，真是人不可貌相。只是想歸想，嘴上仍辯解說：

「對、對不起，因為你沒騎機車，我才會一時認不出是誰……」

「你、你這小子說什麼鬼話！竟然把大爺我當成機車的附屬配件啊Bullshit！」

「Ash，你太下流囉。」

聲音從春雪身後傳來的瞬間，世紀末風貌的虛擬角色立刻採取一點都不適合他的立正姿勢，行了個最敬禮：

「師、師父說得是！還有Lotus老師您、您也好！」

Ash Roller口齒不清地打完招呼，接著忽然想起了什麼東西似的抬起頭來，將他的骷髏臉湊向春雪：

「對、對了，現在Nothing是Dis的時候了！Crow，我有事想問你。」

「好、好的，什麼事？」

「你既然註冊成了一號機的駕駛，也就表示你是這個空間開通以後第一個進來的對吧？」

春雪沒料到他會問這個問題，但隨即點點頭說：

「是、是這樣沒錯。不過我跟第二個來的Blood Leopard小姐幾乎是同時到的。」

「……那麼，那架飛梭是從你們來的時候就那樣了嗎？還是說你有看到是誰註冊的？」

春雪不懂Ash Roller這話什麼意思，結果骷髏頭虛擬角色不耐煩了，直接勾住春雪脖子，拉著他從成排飛梭面前跑過。

「等、那個，我們要去哪？」

「看了你馬上就會Understand！看，就是這十號飛梭。我問你，這玩意兒打從一開始就是這樣嗎？」

春雪幾乎沒聽到他的後半段話，因為當「那個物體」進入視野的瞬間，他立刻一陣錯愕。十架飛梭以各兩公尺左右的間隔排列在起跑格裡，而坐鎮在最右端的一架卻——已經完全鏽蝕了。

整架飛梭都生了鏽，彷彿已經暴露在海風下多年。其餘九架飛梭全都閃耀著跟註冊駕駛同樣的顏色，唯有這第十架卻完全失去光澤，鏽成紅褐色。風化的情形不只在機身，甚至影響到了座椅跟機體下方的驅動盤，怎麼看都不覺得還能奔馳。

春雪無意識中伸出手去，就像幾天前註冊一號機時那樣點了一下。一個系統色的視窗應聲浮現，春雪唸出了視窗裡的單字。

「Re……Reserved？已預約……這種狀態是已預約？」

「我就說這狀況根本讓人搞Nothing懂吧？星期三下午五點半，大爺我與軍團的伙伴來這兒時，就已經變成這樣了。」

「咦，這、這太奇怪了！」

春雪翻起白眼反駁：

「雖然我跟Leopard小姐各自註冊了一號機跟二號機之後就立刻離線，可是我們離開時已經聽到很多人跑來。我想從我們離開到Ash兄你跑來這裡，間隔應該不到十秒，所以要註冊飛梭卻不讓我跟Ash兄看到，根本就不可能……不對，還有更重要的問題。」

春雪一瞬間閉上眼睛，鮮明地喚回記憶之後，斬釘截鐵地說：

「在我們離開時，這十號機還沒有生鏽，就跟其他八架一樣有著漂亮的鐵灰色！」

「真……真的Really？也就是說飛梭自己在那十秒鐘之間腐朽了……還是說有人躲起來幹出這種好事……」

「怎麼可能，太扯了啦，根本就沒有地方可以躲……而且別說我，還要不讓Pard小姐發現，根本就不可能嘛……」

兩人各自抱著自己的頭盔煩惱，但還想不出合理的答案，就聽到大音量的蜂鳴器發出嗶嗶聲，接著又有大上好幾倍的歡呼聲撼動整個舞台。春雪驚覺地抬起頭一看，發現離比賽時間已經不到三分鐘。

「沒辦法，雖然Feel so bad，這件事還是只能先別管，而且看樣子駕駛也沒來……」

「……是啊。如果是系統方面的問題，比賽中應該就會知道了。」

「就是這麼回事……好了，總之各自Do the best吧！」

「好的，我們彼此加油吧！」

春雪與Ash Roller略一點頭，各自跑向自己的飛梭。離開前還不忘像平常那樣嗆上幾句：

「話說在前頭！只要是有輪胎的東西，從三輪車到油罐車大爺我都Giga welcome得很！」

「這種飛梭根本沒輪胎！」

反嗆的春雪回到一號機前面時，發現其餘四人都已在後座上坐好，千百合還揮手喊道：

「怎麼去這麼久！你在做什麼啊！」

「抱、抱歉對不起！」

他連忙跳上駕駛座，握好方向盤。小小的防風罩上浮現【HELLO MY DRIVER!】的字樣，接著顯示出各種儀表。

雖說是儀表但並不複雜，只有時速表、里程表與機身耐久度表。

黑雪公主跟解除輪椅裝備的Sky Raker並肩坐在前排的乘員座位上，探出上半身在春雪耳邊說道：

「Crow，我剛剛大概看過其他參賽者，包括六大軍團的成員在內，都是些難纏的傢伙……

不過話說回來，反正每個駕駛都是第一次操縱這種飛梭。你剛開始要慎重點，直到習慣操作為止，其他隊的攻擊有我們擋著，你不用擔心。」

坐在後排的千百合也跟著說道：

「就是啊，一點小小的損傷，看我直接倒帶回去就好了！」

「唔～Bell，既然虛擬角色的ＨＰ計量表都鎖定了，我想必殺技計量表多半是幾乎累積不起來的。」

拓武指出這點，千百合抗議道「哪有這樣的～」，黑雪公主跟楓子都笑了。

春雪看著伙伴們有說有笑的模樣，在內心自言自語。

——學姊，就拜託妳了。阿拓、小百，也要麻煩你們了。還有……Raker姊，我絕對會帶妳到終點去。畢竟，這就是我在這裡的目的。

「好，只剩一分鐘了！大家抓緊！」

春雪喊叫的同時，頭上發光的數位數字中只剩右端兩位數尚未歸零。

三座飄浮型看台灑下的歡呼已經喊得地動天搖，春雪雙手用力握住方向盤，右腳輕踩電門踏板。飛梭的馬達發出可靠的咻咻聲，震動籠罩住整個車身。顯示比賽總里程四千公里的數位里程表發出耀眼光芒。

春雪凝視著那頂天屹立，直徑達到一百公尺的金屬柱，也就是那在加速世界中重現出來的

「赫密斯之索」，忽然間有了個想法。

不知道在現實世界之中，是不是也有一群很有錢的觀光客正坐著太空電梯朝太空上升？即使真是如此，他們卻作夢也想不到，設置在太空電梯各處的公共攝影機建構出了另一個世界裡，其中正有著數十個小孩子即將從自己身旁飛馳而過。

當然，加速世界終究只是神經連結裝置創造出的非現實領域，但即使其中沒有物質存在，卻依然有著真實。因為——

因為現在我滿腔都是滾滾沸騰的熱血啊！

「ＧＯ！ＧＯ！ＧＯ！ＧＯ！」

觀眾的大合唱與紅燈亮起的聲音重合。火紅光點在上空排成一排，照亮了十架飛梭。這時正好有一座看台遮住來自天頂的陽光，讓起跑台籠罩在濃濃的陰影下。燈號的光線將每一架飛梭照得火紅，蜂鳴器再次響起，各架飛梭不約而同發出更高亢的咆哮。飛梭上裝設的四個磁浮輪迸出刺眼電光，在鋼鐵地面上濺開。

「……給我上啊——！」

倒數讀秒到零，光點變成藍色的瞬間，春雪將電門直踩到底。

驚人的扭力將飛梭踹了出去。十架飛梭轉眼間就越過了短短的斜坡，開始抗拒重力，朝著巨大金屬柱微彎的表面垂直衝刺。看樣子柱子與機身之間有引力作用，即使仰角達到九十度，體感上卻跟在筆直的道路上奔馳幾乎完全沒有差別。

春雪猛踩電門，並朝時速表瞥了一眼。不到十秒鐘，色彩亮麗的數位數字就顯示出時速已經超過二〇〇公里，而且還繼續上升。

「喂……喂、小春，你、你開這麼快，不要緊嗎？」

聽到坐在最後排的拓武這麼問，春雪大聲喊回去：

「交給我就對了！我在各種競速遊戲裡總計撞車次數不下一萬次！」

「……這、這不是……」

「好～衝啊——！」

千百合的歡呼蓋過了拓武沙啞的聲音。春雪朝視窗上端的後方影像格一瞥，發現黑雪公主跟楓子也一臉不在乎的表情坐在那兒。這鼓舞了士氣，令他右腳繼續使力。二五〇公里、三〇〇公里。如果是現實中的賽車，這已經接近速度上限，但虛擬的磁浮驅動飛梭卻仍然繼續發出尖銳咆哮，無止盡地拉高速度。刻在鋼鐵地面上的細節溶成放射狀，不時出現的雲團三兩下就被拋到後頭。

數秒後，染成紅色的數位速表開始閃爍ＭＡＸ圖示，時速已經達到五〇〇公里，看樣子這就是飛梭的最高速度了。春雪呼出憋在胸口的氣，這才開始查看車外的情形。

黑暗星雲隊所駕駛的銀色一號機，仍然在成排飛梭的最左端急馳，而在右側離了十公尺左右的地方，則可以看到由Blood Leopard領軍的紅隊飛梭迸出亮麗的深紅色火花。

更遠處則有藍色軍團「獅子座流星雨」四名成員乘坐的飛梭。駕駛是Tourmaline Shell，一個人佔了後排兩個位置的壯漢則是Frost Horn。繼續往右看，還能看到綠色軍團「長城」的駕駛Ash Roller嚷著他常喊的ＨＥＹＨＥ——Ｙ。

這四架飛梭幾乎一字排開地跑在最前面，緊追在後的則是黃色軍團「宇宙祕境馬戲團」的隊伍。當然上頭看不到黃之王的身影，但其中有幾個曾激戰過的熟臉孔。

春雪在心中告誡自己，千萬要小心這幾個人，接著又開始凝神觀察。看樣子王級軍團的隊伍就只有這幾組，在最後面擠成一團的四架看來是中等規模軍團的隊伍——雖說是中等規模，人數卻也已經比黑暗星雲要多。

有在行駛的飛梭就只有以上九架，也就是說那架鏞得亂七八糟的飛梭結果還是沒起跑。沒解開的疑問在春雪心中留下一瞬間的不快，但他隨即把這些念頭拋諸腦後。無論是誰讓飛梭鏞蝕都好，反正也已經無法影響比賽了。

春雪掌握完狀況，正要將目光拉回前方時，發現後方空中有個巨大的影子，不禁小小嚇了一跳。滿載著合計六百名觀眾的三台飄浮看台，已經自動跟著飛梭上來。現在他才注意到狂熱的歡呼聲浪與磁浮引擎的咆哮已經合而為一。

「……呵呵，看樣子他們下了賭注。」

聽黑雪公主這麼說，Sky Raker回答：

「是啊，我剛剛就看到『賽程安排人』忙碌地跑來跑去。」

賽程安排人，是個經營賭博競技場「秋葉原對戰場」的神祕超頻連線者。看樣子他也跑來這場比賽出差了。

「是……是喔？Raker姊也有去過秋葉原ＢＧ？」

春雪邊頻頻修正方向盤操作邊問，結果回答的不是她本人，而是語帶苦笑的黑雪公主：

「什麼有沒有去過，Raker她以前……」

但春雪沒能聽完回答，因為觀眾的歡呼突然倍增，跟一陣幾乎衝破耳膜的連續聲響重疊。他想也不想地往右一看，臉部肌肉頓時痙攣，大聲喊道：

「哇，Pard小姐已經開始啦！」

原來那陣聲響的來源，就是坐在紅隊飛梭後座的四名超頻連線者所拿出的武器。看樣子近戰型就只有擔任駕駛的Blood Leopard一個人，剩下四人全都挑了遠攻型的陣容。這陣容裡有機槍有步槍，正大肆灑出光彈。

這些砲火瞄準的是跑在紅隊右方的藍隊飛梭。他們看來跟紅隊有著鮮明的對比，每個人都是近戰型，由裝甲厚重的Frost Horn跟另一人探出上半身拚命抵擋彈幕。由於虛擬角色的ＨＰ計量表已經被鎖定，不管挨了多少子彈都不會死，但有些攻擊似乎有擊退特效，不時可以看到他們的身體被轟開，剩下的槍擊立刻精準地利用空檔打在飛梭機身上。

「該死！阿電！我准！真的！整台撞上去！」

Frost Horn這麼一喊，立刻就聽到Tourmaline Shell大喊：「ＯＫ阿角～～！」同時方向盤往左一打，藍隊飛梭逐漸朝紅隊接近。春雪興奮地觀看事態發展，看樣子他們打算以肉搏戰打下對方的飛梭，這種海盜船戰法的確是Frost Horn的最愛。從後方跟來的飄浮看台上也大聲鼓譟，有人喊：「撞啊！」也有人喊：「不要啊——！」

當兩架飛梭越來越接近，彈幕的命中率自然跟著提高。藍色飛梭的左側被打出無數彈孔，迸出火花，但看樣子機身的耐久度設定得相當高，到現在仍然看不出速度減慢的跡象。

「好啊！吃我一招！男子漢的！魂之拳！」

Frost Horn在吶喊中站起，高高舉起巨大的右拳。

這瞬間，駕駛紅色飛梭的Blooe Leopard以快得令人看不清楚的速度操作方向盤，磁浮驅動輪發出怒吼，讓飛梭一口氣打轉。右機尾當場甩了出去，猛力撞上藍色飛梭側面。一撞之下，讓以站姿準備揮出重拳的Frost Horn腳下一滑——

「啊！喲！啊啊啊啊啊！」

他整個人在慘叫聲中輕而易舉地滾出車外。畢竟飛梭正以五〇〇公里的時速狂飆，當他一碰到高塔表面的瞬間，立刻在一陣驚人的衝擊聲中高高彈起，撞出大量火花。反覆彈跳的巨大身軀與粗重的慘叫轉眼間就往後方越離越遠，幾秒鐘後就再也看不見了。

其間Pard小姐若無其事地穩定車身，以滑冰似的動作拉開距離，再度展開猛烈的射擊。藍隊勇猛地再次嘗試接近，但這次飛梭的耐久度似乎終於到了極限，左側的兩個磁浮輪同時噴出火花，全長六公尺的機身當場開始陀螺似的打轉。就在剩下三名人員時高時低的喊聲中，引擎聲無止盡地越來越高亢——

大爆炸。

在觀眾的歡呼與慘叫聲浪下，春雪看著炸得焦黑的機身與三名虛擬角色就跟Horn剛剛一樣，轉眼間便從視野中消失，忍不住縮起脖子。這時黑雪公主與楓子則佩服地評論：

「原來如此啊。所以不管怎麼說，從飛梭掉下去就沒戲唱了。不過話說回來，日珥的攻擊實在漂亮……」

「真的很漂亮。不愧是Leopard，從隊伍的人選、機身的駕駛到當機立斷的狠辣，全都寶刀未老啊。」

「現現現在不是佩服的時候啦姊姊！他們接下來要攻擊我們了。」

重新裝填完武器的四名紅隊射手一齊面向左方，跟千百合這聲叫喊幾乎完全同時。他們槍口準確地指向一號機——嚴格說來，射手們考慮到彈道彎曲，所以瞄準點比機鼻略偏前。

「噁！」

春雪驚呼一聲，趕忙左打方向盤，但Pard小姐以精準的操控讓雙方相對位置保持不變。兩台飛梭在直徑一百公尺，也就是周長約三百一十四公尺的圓柱上畫出美麗的平行線飛馳，讓觀眾看得大聲喧鬧，但他們不是在拍汽車廣告，而是正在上演搏命追逐戰。一名射手一聲令下，四把槍同時噴出火舌。

「……！」

春雪心想這下躲不開了，反射性地縮起脖子——但他聽見的不是中彈聲，而是高亢的反彈聲。他慌慌張張地將視線往右一轉，一幅荒唐的光景立刻映入眼簾。

原來Black Lotus從右舷探出上半身，雙手劍以驚人的速度閃動，幾乎完全打掉了暴雨般的彈幕。後座的Cyan Pile也將右手的巨大「打樁機（Pile Driver）」當成盾牌來用，穩穩保護好機身。

穿過他們兩人防禦而命中機身的子彈只有少少幾發，耐久度指針也沒有減多少，但這樣下去肯定會慢慢被磨光。即使想接近展開肉搏戰，春雪也不認為自己的技術能贏過Pard小姐，更難保不會像藍隊那樣反而導致寶貴的戰力被打下車。

「真是夠了，根本是吃定我們沒有紅色系，隨他們打嘛！」

坐在左後方的千百合憤慨地大喊。「沒有遠攻型角色」的確是黑暗星雲重新集結之後最大的弱點所在。每次領土戰打輸，幾乎都是因為對方團隊裡有著強悍的紅色系角色。

然而現在嘆氣也解決不了問題。春雪下定決心跟Pard小姐展開飛梭對飛梭的纏鬥，正準備朝後座大喊，但卻有人搶先他一瞬間說：

「我退場。」

Sky Raker平靜地這麼宣告。

「咦……師父，妳說什麼？」

「只是簡單的加法跟減法。日珥隊有五個人，而且還載著四把沉重的大型槍械。只要我下了飛梭，我方就只剩四個人，應該能靠速度甩掉他們。」

「這、這樣不行啦姊姊！」

Raker以冷靜的話語，蓋過千百合的尖叫。

「我說過，既然參加比賽就要全力爭奪冠軍。在這裡退場就是我的『全力』。要是不這麼做，就會辜負Leopard的認真！」

接著天藍虛擬角色以左手抓住飛梭的邊緣，毫不猶豫地就要縱身一跳。

這一瞬間，春雪將方向盤猛往右打，令機身打轉，將Raker再次按回座位上。

「不對……這樣不對啊師父！」

春雪集中全副心力操作方向盤與電門踏板，拚命想讓機身恢復穩定，同時擠出聲音說：

「世界上沒有這種自己退場的『全力』！不在同個場地上對戰，就沒辦法傳達任何東西，不是嗎！」

「Raker，Crow說得沒錯！」

以駭人精度持續防禦的黑雪公主也對她呼喊：

「我們是團隊！要五個人一起奮戰，一起贏得勝利！」

「可是……可是我！」

楓子語帶哀嚎的反駁迴盪在車內：

「我沒辦法應戰！我不但不能攻擊，甚至沒辦法站起來防禦！除了像這樣坐在這裡當擺飾，根本什麼也做不到……！」

「妳有！」

這句吶喊似的話從春雪的喉嚨裡迸出：

「妳有……妳應該有一對妳親自塑造，用心培養出來的翅膀！」

要在這時說出這句話，春雪還是有些猶豫。Sky Raker想必自有她的理由跟心情，才會在回歸軍團之後仍然堅持封印這項能力，春雪實在不想強行涉入。因此，他才企圖帶Raker到赫密斯之索的頂點，因為他相信有個理由能讓他說出這句話。

但要是現在Raker下了飛梭，這個機會就再也回不來了。因此春雪只能一邊祈禱她聽得進自己的話，一邊吶喊：

「這個空間裡，必殺技計量表幾乎完全不會累積……所以我不能飛。可是妳的翅膀不一樣，剛著裝就會填滿整條計量表，也就是說妳有辦法飛！」

春雪從駕駛座回過頭去，正視Raker的眼睛——

「……我求求妳，把妳的翅膀借給這架飛梭……不，是借給我們！這樣一來，我們應該就能跑到日珥的射程外！」

剎那間一片寂靜。

這一瞬間，無論是彈如雨下的槍擊咆哮，黑雪公主跟拓武打掉槍彈的聲響，還是上空觀眾席灑下的喊聲，春雪全都充耳不聞。他只顧著拚命傾聽Sky Raker細小的呼吸聲，以及其中蘊含的苦惱。

……我傷害了小幸。

……我用言語、用態度，用心思傷害了她。我這對翅膀的燃料裡，包括了當時小幸流下的一滴滴淚水。所以……所以我再也不能……

「不是這樣，Raker！」

這時黑雪公主忽然停下雙手的動作，整個身體轉了過來。

槍彈立刻開始打在機身側面，也毫不留情地打在Black Lotus背上。儘管苗條的身體被槍彈的衝擊打得搖搖晃晃，黑雪公主仍舊毅然地說出心聲：

「都怪我……都怪我太愚蠢！我當時根本沒有試著去了解妳懷抱的志向有多遠大！就只知道要求妳為我鞠躬盡瘁，還覺得妳那樣是背叛我，我還沒道理地氣妳、恨妳！這樣的我，根本沒資格要求妳什麼……可是！」

這時黑雪公主的聲音中也摻進了強烈情緒。黑之王那漆黑的鏡面護目鏡下，藍紫色的光芒彷彿眼淚似的滴落，但她仍然大喊：

「可是，現在正是妳飛的時候！不是為了我，也不是為了軍團……為了妳自己，Raker，請妳飛吧！」

就在這聲吶喊的同時，一發大型步槍的子彈猛力打在Black Lotus背上，打得她腳步踉蹌，所幸Sky Raker伸出雙手相扶。那雙纖細的手臂頻頻顫抖，彷彿猶豫著不敢繼續接近。

——師父，不，楓子姊。

春雪拚命控制機身，在內心深處對她訴說。

——兩個月前，在新宿南方陽台屋頂，是黑雪公主學姊先踏出一步，所以這次要請妳……要請妳伸手拉學姊一把。因為這最後一段距離，不管是我還是其他任何人，都沒有辦法拉近，唯一辦得到的人就是妳自己！

想來春雪心中這幾句話不可能傳進她心裡。

但下一瞬間，楓子的雙手已經不再顫抖。扶住黑雪公主身體的雙手慢慢彎起，繞到她的背後——緊緊抱住了她。

槍林彈雨之中，她說話的聲音顯得不怎麼大，卻伴隨著紮實的聲響：

「……謝謝妳，Lotus。現在、我現在才總算發現，我的翅膀裡……有的不只是淚水，更充滿了妳的希望、妳的善良，還有妳的愛。」

說著，Sky Raker將黑雪公主的身體按回右邊的座位，確切地點點頭：

「所以，我根本不需要害怕……我飛得起來。現在，我一定可以再次飛翔……！」

春雪這才總算發現。

Sky Raker不是心灰意冷，而是在害怕，害怕自己即使裝上強化外裝，或許也將無法像過去那樣飛上天空——她害怕自己負面的心念不但會讓她持續喪失雙腳，還會連強化外裝都跟著癱瘓。

但現在她挺起胸膛，雙手高高伸向天空的動作裡，已經沒有一絲恐懼。

她以晚霞色的眼睛直視無限的高空——

以歌唱般的聲音，高喊著裝語音指令：

「『疾風召喚（Calling Gail）』！」

飛梭前方染成一片無邊深藍的虛空中，有兩顆亮麗的水藍色星星閃著光芒。

它們化為兩道雷射直衝而下，即使飛梭正以極限速度行駛，仍然精準地鎖定Raker的身體。

籠罩全身的光芒隨即濃縮到背後，化為流線型的噴射強化外裝——「疾風推進器」。或許是因為裝備位置有所衝突，原先她身上的白色帽子與連身洋裝都溶解成光芒消失，露出了嬌小的虛擬角色本體。

「Raker……」「師父！」「姊姊！」「Raker姊！」

Sky Raker用力點點頭，回應四人同時發出的喊聲，緊接著輕巧地從座椅上翻起。當然她並不是將自己拋出車外，而是拉住Lime Bell的手移動到飛梭後方，穩穩握住小型機身尾翼。

「Crow，車身打直！」

春雪立刻聽從指示。紅隊的二號機多半也發現了一號機的意圖，槍林彈雨變得更加劇烈，但黑雪公主再次將槍彈一一擊落。

「要上了！噴射三秒前！二、一、零！」

一聲莫大的轟然巨響爆出，同時春雪全身被猛力壓在座位上。

這加速多麼強勁。春雪拚命控制住亟欲脫離掌控的機身，同時目光朝後方視窗一瞥，看到Raker背部噴出的兩條火焰，有如慧星般拖出長長的尾巴。「疾風推進器」的出力顯然比春雪使用的時候更強，但推進器本體並沒有發出異常的特效光——所謂的「過剩光（Over Ray）」，所以她並不是透過心念系統增強了出力，這純粹是Sky Raker多年來灌注龐大的超頻點數所培育出來的努力結晶。

春雪將視線拉回前方，看到防風罩右端的時速表已經突破極限，達到六百五十公里。二號機的彈幕已中斷，右舷照後鏡中的紅色機身也變得越來越小。

春雪按捺住滿腔感動的波濤，將意識集中在操縱上。在這個速度下只要動作微微一亂，想必會當場撞車。目前赫密斯之索的表面完全沒有障礙物存在，但哪怕只是一個小小的凹陷，他都不能壓上去。

但就在半秒鐘後，春雪知道自己的擔心已經成了現實。

有個奇妙的物體擋在他的去路上。圓柱體表面上，出現了多個發出彩虹光芒的光環以頗寬的間隔排開。光環的直徑應該至少有個三公尺，要是繼續往前直開，無論如何都會撞到其中一個行進軌道上的光環。

「……我、我要閃開光環！Raker姊，快回座位！」

春雪趕忙這麼大喊，但他還沒說完，黑雪公主卻發出了出乎他意料之外的指示：

「不，Crow，直接衝進去！」

「咦……可、可是！」

「別擔心，上！」

不管怎麼說，這時「疾風推進器」的能量似乎已經用完，千百合再次伸手把Sky Raker拉回座位上。春雪確定她坐好之後，下定決心用力握好方向盤。

「我、我知道了，那我要衝了！大家抓牢！」

短短兩秒鐘後。

一號飛梭絲毫不放慢速度，衝進了七彩光環之一。

9

閃光、衝擊與大爆炸——並沒有來臨。

相反地，有種不可思議的現象籠罩住機身。四周一望無際的深藍色天空已經消失，眼前只看到整片跟神祕光環同樣發出彩虹光芒的放射光。同時磁浮輪的咆哮也已停歇，空間中只剩下高亢的共鳴聲。

比賽的爆響與震動突然消失，讓春雪覺得耳朵不太能適應，但他還是戰戰兢兢地出聲：

「學……學姊，請問一下，這是、怎麼……」

「是空間跳躍區。」

黑雪公主立刻給了他答案。春雪震驚地回過頭去：

「空、空間跳躍？比賽裡竟然有這種東西？」

「原來如此……不，小春，這玩意兒的存在反而該說是理所當然。」

這次換拓武點點頭，他豎起一根手指，以有模有樣的博士模式開始講解：

「你想想看，赫密斯之索不是長達四千公里嗎？而這種飛梭的最高速度是時速五百公里。

也就是說即使從頭到尾都猛踩電門，也得花上八個小時才到得了終點。這樣搞下來就變成耐力賽了，只靠一個駕駛要撐完全場，應該會有困難吧。」

「啊，啊啊……對喔，聽你這麼一說……」

春雪恍然大悟之餘，朝剩餘里程表一看，發現四位數的數字飛快地減少，看樣子應該可以靠這個空間直接跳到只剩一千公里左右的地點。

「也就是說，要是在剛剛那裡沒有開進光環，事情不就糟糕了……」

千百合連連搖著尖帽這麼說，黑雪公主笑著回答：

「喂喂，Bell，這種時候只要掉頭回去不就好了？」

「啊，對喔……唔，可是，我總覺得玩這種遊戲一旦往後開就輸了嘛！」

「的確，妳這個意見我完全同意。」

兩人的對話帶來短短歡笑，等到笑聲停歇……

黑雪公主重新坐好，朝著坐在左邊的楓子平靜地訴說：

「……Raker，謝謝妳。還有……對不起。長年來讓妳這麼難受，全是因為我太膽小……」

但她在謝罪同時企圖深深低頭的動作，卻被Sky Raker的右手輕輕攔住。

「Lotus……我也……我也有很多事情非得跟妳道歉不可。可是，只用說的一定沒有辦法傳達給彼此，所以……等到有一天，我能夠再次全力跟妳『對戰』時，我們再聊個盡興吧。」

「……嗯，也對……說得也是……」

黑雪公主輕聲細語地回答，閉上眼睛一會兒後，帶著幾分笑意說下去：

「記得總計對戰成績是我贏了一千兩百一十三場……我輸了幾場啊？」

「啊，妳打算選擇性忘記對自己不利的數字對吧！」

空間跳躍區裡再次傳出和樂融融的笑聲。春雪陶醉在這溫暖的回音裡，在心中自言自語：

——到頭來，也許根本就不需要我多管閒事吧。她們兩人在靈魂深處有著最緊密的聯繫。

沒錯……相信她們的聯繫，是只有在流過一千倍時間的加速世界裡才能培養出來的……

春雪閉上眼睛，想好好咀嚼自己的思考——

這一瞬間。

背的正中央微微一痠，同時腦海中浮出了一個冰冷的說話聲。儘管是春雪自己的說話聲，卻又顯得有些異樣。

——那麼，相反的情形也一定存在。不是嗎？

——加速世界裡應該也存在著花了一千倍時間，才培養出的那種醜陋且膨脹的憎恨。搞不好在我心中也有。

——沒錯，你心中也已種下了消不掉的憎恨種子。我一直在等著這顆種子發芽、開花。

——過去凌虐你的那些人，你都已經忘了嗎？被人以沒有道理可言的暴力與惡意傷害的痛苦，你都已經忘了嗎？只有惡意可以對付惡意，只有力量可以對付力量。你心中始終都存在著為此所需的「種子」。

在陰森而扭曲的聲音對他耳語時，幾張臉孔在緊閉的眼瞼底下浮現。

有小學時代捉弄、欺負春雪的同班同學，有上了國中後以暴力向他勒索值錢物品的不良少年。當他們的臉孔消失後，又換成了對戰虛擬角色的面罩。儘管人數不多，但這幾名在加速世界中都曾與他毫無保留地互相憎恨，這些人站在高處，笑嘻嘻地低頭看著春雪。

——你跟這些傢伙也可以互相了解？可以培養交情？不，不可能。

——對，你說得沒錯，因為我已經永遠放逐了他們其中之一，所以我跟他再也沒辦法建立什麼交情。可是……我沒有辦法，那傢伙是罪有應得！

隨著春雪掙扎地喊出這幾句話，背上的痠痛也變得越來越強。不可思議的是，這種疼痛並非只令他不快。當疼痛越來越強，也就越能想像得到解脫時的暢快感。聲音像是在吊他胃口，又像在引誘他似的，繼續說個不停。

——沒錯，他們被幹掉是罪有應得。你已經擁有了可以付諸實行的力量，只要短短一句話，叫出這個名字就行。只要喊出這個名字，你就可以把他們一個不留地全部幹掉。斬斷他們、撕裂他們、吃光他們。吃光、吃光、吃……

「鴉……鴉同學？」

春雪聽到這句銳利呼喊的同時，左肩被人用力抓住，讓他驚訝地瞪大雙眼，全身僵硬。接著他才以生硬的動作回過頭去。

伸手抓住他的，是坐在中列左邊的Sky Raker。一對晚霞色的鏡頭眼中亮起擔心的光芒，定睛凝視著春雪。她的嘴唇流出乾澀而細小的聲音：

「鴉同學……你剛剛，做了什麼……？」

「咦……做、做什麼？……我什麼都沒做……」

春雪對腦海中浮現的危險想法感到愧疚，同時拚命搖頭。不過他不認為自己在說謊，他的身體就只是坐在駕駛座上，握好方向盤而已。事實上他真的什麼都沒做。

但連黑雪公主都接著發出低沉的聲音。

「……我也……看到了。有一瞬間……你的身體發出了心念的『過剩光』……？」

「……！」

這次春雪真的打從心底震驚，連連喘著大氣。

他絕對沒有動用「心念系統」，這點他可以斷言。而且憑春雪的熟練度，根本不可能做到在無意識中發動「覆寫現象」這種事。

「我……我沒有！我沒有用什麼心念！是真的！」

他持續猛力搖頭吶喊。楓子仍然用力抓緊春雪肩膀，但隨即小小呼出一口氣，放開手說：

「……嗯，的確……應該不可能會這樣。鴉同學的過剩光應該是銀色的，可是……剛剛的光卻是……」

楓子越說越小聲，黑雪公主接過話頭：

「……沒錯，是看錯了，想來應該是Crow的鏡面裝甲反射出周圍特效光的變動——不好意思嚇到你了，不過長這種顏色的你也有責任啊。」

聽到她這種找回了七成一貫風格的口氣，超高速空間跳躍中的車內氣氛當場緩和下來。坐在後排的千百合跟拓武不約而同地鬆了口氣。

「真是的，姊姊妳別嚇人好不好……不過小春虛擬角色的反光有時的確挺刺眼的。」

「一點兒也不錯。對了，乾脆用硫磺燻成沒有光澤的黯淡銀怎麼樣？」

「啊哈哈，小拓，你這點子太棒啦！」

聽著兩位兒時玩伴的對話，春雪忍不住露出苦笑，接著他就感覺到繃緊全身的力道慢慢放鬆，但已經透進內心深處的冰冷感覺卻遲遲沒有散去。

這幾個月來，他不時會聽見這樣的聲音。春雪一直覺得那帶有金屬特效的聲音，是發自自己的內在，以為是累積下來的負面情緒塑造出來的另一個自己。春雪從小就有很多時間獨處，確實有著在腦裡跟自己對話的習慣。

可是——如果事實並非如此呢？如果這聲音真的是由春雪以外的人所發呢？

如果真是這樣，那就表示這個聲音的主人並不存在於加速世界之中，而是待在春雪的神經連結裝置內。因為就連沒有沉潛進來的時候，也偶爾可以聽到這個聲音對自己耳語。既然如此，會是某種病毒或ＡＩ程式嗎？還是說……是真正的人類意識潛伏在記憶體中……？這種事情真的有可能發生嗎……？

他覺得似乎有人在遠處竊笑，用力眨了眨眼，甩開腦海中的念頭。現在不是煩惱的時候，無論如何都得在正準備進入最高潮的「赫密斯之索縱貫賽」中獲勝。

當他大大睜開眼睛，就在飛梭前進的方向上看到藍色的光環。想來那應該是空間跳躍區的出口。

「我們要回賽道了！大家抓緊！」

他深吸一口氣喊出這句話，就聽到後座傳來四個乾淨俐落的回答。

春雪牢牢握住方向盤，將飛梭的機鼻對準藍光正中央。出口愈來愈近，填滿整個視野──就在機身碰上去的瞬間，光環化為一道光的漩渦，吞噬了一切。

「……哇！」

第一個叫出來的是千百合。

而包括春雪在內的每個人也都跟著發出驚嘆聲。

滿天都是完美的漆黑。而在這漆黑的背景下，無限多個小小的光點匯集在一起，描繪出一道美麗的線。是天河——也就是銀河。就算是月光或沙漠場地仰望所見的夜空，在星星的數量或光芒上都無法與之相比。明明是個冰冷而寂靜的世界，卻讓人覺得幾乎可以聽見累累繁星奏出的清澈旋律。

鋼鐵巨柱——軌道電梯「赫密斯之索」——貫穿滿天繁星的世界，繼續往前筆直延伸。左側強烈的陽光，照亮微微彎曲的圓柱體表面，更灑落在急馳的飛梭上，反射出銀色光輝，並在車體右側落下濃濃的影子。

「……是太空啊……」

黑雪公主以右手劍指向銀河，輕聲說道：

「不知道這個光景是BB伺服器描繪出來的數位背景……還是……」

「……多半是直接套用公共攝影機實際捕捉到的畫面吧，星星的位置實在太精確了……」

楓子同樣輕聲細語地回答。

當然，即使用上實際拍到的畫面，一旦透過攝影機、網路以及神經連結裝置作為媒介，跟太空人或太空觀光客用肉眼看到的景色便不會相同。但即使如此，春雪以及在場的四位同伴，仍然各自懷著不同的感慨，看著銀河的景象出神。

如果可以，真想無止境地欣賞這無音、冰冷，卻又顯得十分熱鬧的世界——春雪滿心這麼期盼，遺憾的是，這莊嚴肅穆的時間並沒有持續太久。

因為幾具引擎聲響已經從背後傳來。當然如果是在真正的宇宙裡，應該聽不見任何聲響，看來加速世界是以提供一定程度的方便性為優先。春雪連忙回頭一看，發現五顏六色的飛梭從空間跳躍區的出口衝了出來。

最前面的是Blood Leopard所駕駛的暗紅色飛梭，載著Ash Roller隊的槍管灰色飛梭略微落後，再接著則是黃色軍團的飛梭。

過了一會兒，又出現了兩個中等規模的軍團。看樣子場上只剩下包括春雪在內的這六隊，扣除從一開始就腐朽掉的一架與被擊敗的Frost Horn隊之外，還另有兩架沒能跟上。

這時一陣蓋過各架飛梭咆哮聲的巨大音量撼動了宇宙，原來是三個看台龐大的身軀以空間跳躍方式來到這裡。合計六百名的超頻連線者一齊舉起手跺響腳步，六架飛梭就在這盛大的歡呼聲浪中排成一排，往前飛馳。

「好，對手只剩五架了！」

黑雪公主轉以堅毅的聲音叫喊。

「雖然每個都是強敵，但最後贏的一定是我們！大家聽好了，把這些傢伙全部甩掉！」

眾人舉起拳頭，大聲答應。春雪看了看里程表，距離終點不到一千公里，即使以時速五百公里的速度猛衝，也得跑上兩個小時，但週末的領土戰合計時間更是長達兩倍，一旦玩得忘我，兩個小時轉眼間就過去了。

——好，接下來我不會再失誤了！我才不會再落入Pard小姐那隊的射程內！

春雪在內心這麼吶喊，握好方向盤，瞪著前方想來應該是障礙區的複雜地形。

然而——

就在緊鄰機身右側的位置，發生了一個意想不到的現象。

強烈的陽光在飛梭右側留下了濃濃的影子，一個奇妙的物體發出噗通一聲，從影子正中央浮起。

那是一片又薄又大的板塊。一片長寬都跟飛梭差不多的長方形薄板跟一號機保持兩公尺的距離，無聲無息地並肩行進。明明正以時速五百公里的速度移動，卻沒有發出任何震動與聲響，顏色則是彷彿吞沒了一切光線的無光澤純黑。

這種質感強烈地刺激著春雪的記憶，他甚至不需要努力回想。

兩個月前——新學期開始時，春雪在無限制中立空間內的梅鄉國中進行了一場「決鬥」，當時有個神祕的超頻連線者跑來插手。他能夠將自己的身體化為極薄的薄板，或躲進任何影子裡移動，這些能力都在在證明他就是那個虛擬角色。可是他為什麼會挑現在，又為什麼會出現在這裡？

震驚與疑問，讓春雪的喉嚨迸出了這個名字：

「『Black Vise』……！」

就在同時——

巨大的薄板彷彿在呼應他的喊聲，無聲無息地往左右一分，化為兩張薄膜張開，接著有如溶解在真空中似的就此消散。

而從薄膜之間出現的物體，讓春雪更加驚愕。

是一架飛梭。形狀跟黑暗星雲隊的完全相同，但顏色卻不一樣。那是種摻雜著斑點的紅褐色，也就是鐵鏽色。顯然這架飛梭就是在起跑台右端靜靜棄置的十號機，但這架怎麼看都不像會動的飛梭，卻從四個磁浮輪迸出耀眼的電光，以最高速度急馳。

也就是說，十號機並不是受到腐蝕破壞，只不過是重現出註冊駕駛的裝甲配色。

春雪心中受到一種確信的震撼之餘，微微轉動視線，朝十號機的駕駛艙看了一眼。

坐在上頭默默握著方向盤的是——

一個身材精瘦得像是打上鉚釘的鐵骨，有著跟飛梭同種鐵鏽色的對戰虛擬角色。這個人春雪也不是第一次遇到了。兩個月前，在一個設置於秋葉原遊樂場內區域網路之中的地下競技場「秋葉原對戰場」，他們就曾交手過一次。

春雪以比先前稍低的音量，說出了第二個名字：

「……『Rust Jigsaw』……」

但即使聽到春雪叫了他的名字，鐵鏽色虛擬角色仍然不發一語，連臉都不轉過去。整個人簡直成了飛梭的一部分，深深陷進座位上。

春雪再朝四人座的後座一看，發現上頭只坐著一個人……不，或許應該算是「一片」。因為最後排座位上只存在著一道沒有厚度的影子。這個像用黑色紙張排成的人形異樣物體，除了「Black Vise」之外不作第二人想。

這兩個超頻連線者是一個自稱「加速研究社」的社團成員。社團的規模跟成員陣容幾乎完全不詳，唯一知道的，就是他們都在頭蓋骨內加裝了違法的ＶＲ器材「腦內植入式晶片」，並企圖利用這種能力規避BRAIN BURST的各種限制。

所以這兩人會出現在屬於慶祝活動的的「赫密斯之索縱貫賽」，讓春雪大感意外。他還沒從震驚中恢復，呆呆地看著對方，忽然間卻聽到上空湧來無數的聲音。

「喂……喂喂，那架飛梭是從哪裡跑出來的？」

「十號機不是棄權了嗎？」

「要是給他們搶到第一，賭局要怎麼算？」

看樣子觀眾也被這意料之外的事態嚇了一跳。一波波的喧嚷聲之中，困惑的成分明顯比興奮來得多。

就在這些聲浪之中，春雪聽見了十號機上悄聲進行的對話。

「……這下我的工作就結束了吧？」

這個平穩的聲音來自給人幾分教師般印象的Black Vise。而回答他的，則是一個刻意壓得沙啞的少年嗓音：

「嗯，夠了，給我回去。」

「那我就先失陪了，Jigsaw同學……再見了，黑之王，還有黑暗星雲的各位。」

「……你這傢伙。」

等黑雪公主說出這句話，微微舉起右手時，後排座位上的人影已經輕飄飄地飛起，彷彿要融入漆黑星空中似的，轉眼間就遠去，最後消失無蹤。

事態發展至此，春雪才總算隱約推測出十號機為什麼會從一號機的影子裡突然出現。Black Vise擁有多種奇妙的能力，想來他那種可以將自己封進黑色薄板後沉入影子之中的能力，還可以用在別人或其他物件身上。

所以星期三下午五點半，通天樹最頂樓的傳送門開通時，搶先抵達赫密斯之索的並不只有春雪跟Pard小姐，其實Black Vise跟Rust Jigsaw也在場。他們兩人肯定是潛伏在高塔的陰影中，等春雪他們一離線就現身，註冊為十號機的駕駛。所以無論是春雪、Pard小姐，還是緊接著趕來的Ash Roller等人，都沒有發現他們。

而且Vise的潛伏能力不是只在註冊時發揮。

今天比賽開始的那一瞬間，起跑台完全被巨大看台的影子吞沒。Vise跟Jigsaw應該是沿著影子上了飛梭，起跑後立刻連人帶車一起潛行，移動到一號機的影子裡，沒讓任何人發現。而他們就這麼一直潛伏在春雪等人的身旁，直到這一瞬間為止。這也就表示Vise的能力是「能在影子裡自由自在地移動或靜止」。

春雪做出這些推測的當下，獨自留在十號機上的Rust Jigsaw再度沉默，一動也不動地握著方向盤。

儘管覺得到現在還掌握不了狀況，實在有種不乾脆的不快感，但春雪還是朝鐵鏽色的虛擬角色說話：

「……Rust Jigsaw，你為什麼現在跑出來？只要你有這個意思，應該可以一直躲到終點前再衝出來搶走冠軍。」

Jigsaw不但沒有回答，甚至動也不動一下。但春雪還是按捺住不對勁的感覺，繼續問：

「你沒有這麼做，而是在這個階段就從影子裡跑出來，也就表示……你打算跟我們堂堂正正比一場，不是嗎？那正好，剩下的一千公里，我就堂堂正正跟你分個高下……」

「……給我沉默。」

這句話斬斷了春雪的言語。這是他第一次聽見Rust Jigsaw的聲音，只覺得聽起來冰冷又乾澀，卻帶著幾分沸騰的情緒波動。

「咦……？」

「不要說話，不要讓我聽見什麼比賽、什麼分高下這些無聊的字眼。」

Rust Jigsaw以倦怠的語氣撂下這句話，接著才首次有了動作。他從由細鐵架組成的面罩下，以一對冰冷的紅色眼睛朝春雪等人一瞥。之前在秋葉原ＢＧ的那場對戰之中，春雪只記得Jigsaw在Blood Leopard的撕咬攻擊下束手無策地落敗，但現在這對鐵鏽色的虛擬角色眼中，卻有著冰冷得足以蓋過這些印象的神色。

Jigsaw瞇起雙眼，以命令的口吻說：

「可恥。你們應該對撇開眼睛不去看BRAIN BURST本質的自己覺得羞恥。」

「……哦？那我問你，你所謂的本質是什麼？」

黑雪公主先前一直不說話，這時終於發出了帶有殺氣的聲音。但Rust Jigsaw即使接下這有如刀刃般的問題，仍然絲毫不顯動搖。他緩緩將臉往前挪，以撂話的口氣回答：

「給我認清楚。BRAIN BURST只是齷齪的人生作弊工具。」

「你竟然說是人生……作弊工具……！」

這個蘊含著憤慨的嗓音發自拓武。藍色的大型虛擬角色正要從飛梭外緣探出上半身，卻被黃綠色的虛擬角色拉了回去。

這回改由千百合挺身而出，她面對Jigsaw絲毫不顯得害怕，坦率地表達自己的感情：

「我說你喔！這種事根本是看個人觀點好不好！就算對你來說是作弊用的工具，對我們來說可不一樣！因為我們的BRAIN BURST是最棒的對戰遊戲！」

「一點兒也不錯。」

Sky Raker也接過話頭：

「而且你的言行有矛盾。你認為這只是工具，那為什麼要參加這個活動？為什麼要在比賽途中現身？如果你心中有著想跟人對抗、競爭的感情，那不就證明你的BRAIN BURST也不是工具，而是遊戲？」

聽到她這犀利的意見——

Rust Jigsaw縮起身體，深深坐進駕駛座。

春雪覺得他的動作像是在忍耐，接著自然有幾種推測浮現在心頭。

搞不好Jigsaw自己也想否定自己的話？會不會說他其實想以超頻連線者的身分，堂堂正正跟其他人對抗——想透過「對戰」的刺激與興奮，嘗到跟別人建立關係的感動？也就是說，他其實盼望能夠擺脫束縛自己的組織……想脫離「加速研究社」……？

過去參加同個組織的夜色掠奪者儘管手上有著這樣的選擇權，卻沒有做出這樣的選擇，又或者是沒能做出這樣的選擇。春雪想到這點，立刻反射性地對他呼喊：

「你……你該不會……其實想投奔『這邊』……？」

沉默。

隔了一陣稍久的停頓，Rust Jigsaw緩緩抬起伏在方向盤上的臉，再次朝春雪看了一眼。

這一瞬間，春雪領悟到自己的推測錯得無以復加。

Jigsaw先前是在按捺怒氣。那是種跟銳利或純真無緣，沸騰成一團混沌的憤怒；是一種不會收斂到明確對象之上，朝向全方位擴散的憎恨。說來就像是一把沒有軌道可言，只是胡亂揮動的鏽紅色巨大鋼鋸。

「給我後悔。」

Rust Jigsaw以擠得沙啞的聲音輕聲說出這句話，緊接著右手從方向盤上放開，用五根手指用力抓在頭部前方。這個動作看上去像是在忍耐劇痛，但發出的話卻慢慢滲出狂熱，聲音越說越高亢，最後更轉變為嘶吼：

「給我後悔，為你們沒在看到我的瞬間就攻擊的天真後悔吧，嚐嚐天真的代價有多慘痛，給我在壓倒性的恐懼中哭喊！你們這些傢伙愚昧的遊戲將在今天結束！慾望、鬥爭、破壞與殺戮的時代就要來臨！現在……就是那一刻！」

緊接著春雪看到了。

看到一道道褪色的紅色光柱從Rust Jigsaw的全身朝四面八方聳立。

光柱旋即翻騰滾動，彷彿化為無數條蛇劇烈扭動。高頻振動不但撼動飛梭，甚至還動搖了太空電梯的巨大身軀。鋼鐵的地面與兩架飛梭，甚至連漆黑的宇宙都發出紅色的光芒。

這不是必殺技。在這場比賽裡ＨＰ計量表受系統鎖定，所以累積不了必殺技計量表。因此這種光芒應該是發自Jigsaw「內心」的想像……

「糟了，是『過剩光』！」

最先喊出來的是黑雪公主。

「Crow，離遠一點！心念攻擊要來了！」

沒等她這句話出口，春雪早已猛力將方向盤往左打，以勉強不至於造成打轉的角度企圖盡量遠離十號機。

機身朝著高塔的另一側退避，卻聽到一句話從身後追來：

「你們這些愚民！給我瞠目結舌吧！這就是、BRAIN BURST的、真面目——！」

春雪從後照鏡中看見Rust Jigsaw自駕駛座上站起，高高舉起雙手，大喊一聲：

「『鏽蝕秩序（Rust Order）』！」

整個世界都在震動。

……那是「過剩光」！

春雪以恨不得踩穿底盤的力氣踩著電門踏板之餘，不由得全身戰慄。以十號機為中心所發出的紅光漩渦，膨脹到了足以媲美小型恆星的規模，轉眼之間就追上了一號機。

「大……大家抓緊了！」

春雪大喊的同時，將方向盤微微往回打。光芒爆炸勢頭極猛，幾乎要吞下整個直徑達到一百公尺的赫密斯之索，只斜向移動是跑不掉的。飛梭回到直線前進軌道上，光芒則緊緊咬在飛梭後方只有幾公分遠的地方。

春雪邊固定方向盤邊回頭望去，背後的光景令他猛烈地喘氣。

先前還有著鐵灰色光澤的太空電梯表面，轉眼之間就以驚人的速度逐漸腐蝕！

整個景象彷彿是用快轉觀察棄置在海邊的鐵板，任何部分一碰到這陣紅光，立刻就產生斑斑紅鏽。這些斑點迅速地擴大並融合，一步步淹沒整個太空電梯。沒過多久，四處都開始產生龜裂，灑出血紅色的鐵鏽而凹陷，形成多個彷彿受到隕石撞擊似的坑洞。

「這……這怎麼可能……」

春雪發出沙啞的聲音，搖了搖頭說：

「就算是心念招式……這太空電梯可是連Pard小姐的爪子都抓不出半點傷痕啊……而、而且這範圍未免太大了……！」

據春雪所知，任何心念招式的有效範圍應該都限定在自己身上。哪怕是遠距離攻擊招式，也是先以心念擴大自己的攻擊能力，然後才朝敵人施放。

但眼前Rust Jigsaw那四處肆虐的心念攻擊，卻不受限制地造成廣範圍破壞。這種情形在原理上就不可能，照理說心念招式的能量來源是精神創傷，也就是只能發出歸屬於自身的想像。

黑雪公主同樣回頭望向後方，低聲回答了春雪的疑問：

「……是『空間侵蝕』……」

Sky Raker從旁講解這個他沒聽過的詞彙。

「是跟以希望為來源的心念相反……也就是憎恨面心念的終極型態。由於對世界的憎恨太強，對整個空間引發『覆寫現象』的情形……可是照理說要凝聚這麼強大的想像，就連王級的玩家也得花上極為漫長的時間來集中精神……」

黑雪公主銳利地瞇起雙眼，微微點頭說道：

「他之所以一直躲在我們的影子裡，為的多半就是爭取凝聚心念的時間……不過就算是這樣，也實在破表太多了。難道他用了ＢＩＣ的功能來強制增加精神集中的深度……？」

「怎麼會？這樣……這樣會對腦部施加很大的負擔啊……」

兩人對話之際，Jigsaw引發的鏽蝕風暴又帶來了更大的破壞。

後續幾架其他隊的飛梭成了腐蝕波的犧牲品。看來Blood Leopard與Ash Roller靠著出色的機身控制技術以減速方式退避，但飛梭仍有一半以上瞬間生鏽，速度大幅降低。照這樣看來，即便沒有完全被毀，也肯定跑不到終點。

但黃色軍團與兩個中規模軍團的團隊就沒有這麼幸運了。他們正面衝進鏽蝕的有效範圍，十幾人的慘叫交互迴盪。

三架飛梭迅速蓋上一層厚重的鐵鏽，而且不只如此，連車上成員的裝甲也在轉眼間遭受腐蝕，各個零件與裝備都開始鬆脫，往後方灑落出去。

破壞隨即延伸到虛擬角色本體，每個人的身體都開始崩潰，崩落在後方的黑暗中。

「怎麼會這樣？ＨＰ計量表明明鎖定了！」

千百合悲痛的叫聲與拓武的驚呼重合在一起：

「這……這太過分了！這樣比賽不是一塌糊塗了嗎！」

後方追趕的Rust Jigsaw彷彿聽見了她這句話，放聲大笑：

「哼哼哼……哈哈，哈哈哈哈哈！給我絕望！給我痛哭！給我悔悟吧！這就是你們成天欺瞞的報應！這個世界終究也跟現實同樣！所有的存在都躲不過被腐蝕的命運——！」

彷彿連他的話本身也是種心念，只見肆虐的紅光有如火山爆發似的往上方擴散。

這股能量的洪流捕捉到了一個飄浮看台，將整個看台吞沒。

春雪不敢置信地瞪大眼睛，看到連看台——理應受到系統完全保護的物件——都在一陣令人不舒服的簌簌聲中鋪上紅色的鐵鏽，原本光滑的底部也立刻出現多道裂痕，外板接連脫落。

幾秒鐘之後，巨大的結構體就在高塔上空輕而易舉地分解。

看台擠了一百名以上的觀眾，他們彷彿雪崩似的被拋向虛空。每個人都在發出慘叫，有的人全身遭到腐蝕，有的人往電梯表面摔落，在一陣閃光中被強制排出加速世界。

「太……太離譜了……」

黑雪公主被眼前的光景震懾住，仰起上半身驚呼：

「做到這個地步……觀眾一定會發現，這個現象遠遠超出了正規系統的規範……」

她的話讓春雪重新體認到事態有多麼糟糕。

包括「純色七王」在內的老資格超頻連線者，長年來極力隱瞞心念系統的存在。甚至在需要傳授他人心念招式使用方法時，都還會先要對方發下重誓，承諾「除了受到心念攻擊的情形以外，都不能動用心念」。

會這麼做的理由，全是為了心念系統中隱含了巨大的黑暗面。

一旦人為了追求更強大的力量而對自己內心的空洞伸手，就會被拉向這無底深淵，再次被原已昇華為對戰虛擬角色的負面情感所吞沒。最可怕的例子，就是曾在加速世界引起大混亂的「災禍之鎧」Chrome Disaster。諸王為了不讓悲劇再次發生，長年來一直管制心念系統的情報。連那擅使詭計的「黃之王」Yellow Radio，在眾多部下面前也沒有動用心念，而是選擇撤退。

如今Rust Jigsaw卻在赫密斯之索縱貫賽這個大活動的高潮，於多達五百名以上超頻連線者的見證下，解放了心念招式。

觀眾應該都已經透過他們的五感強烈認知到這點，認知到理應受保護的看台當場崩毀，理應鎖定的ＨＰ計量表卻整條被打掉的荒唐，認知到這當中有一種能覆寫正規系統運算結果的異樣力量存在。

「為什麼……要做這種事？」

Sky Raker緩緩搖頭，無力地低語。春雪痛切地體會到了她的心情。

所有超頻連線者之中，多半就屬她最堅定地相信心念系統的光明面，盼望加速世界最強大的力量不要是憎恨或恐懼，而是希望。眼前這種由極致憎恨體現出來的力量不斷傷害其他超頻連線者，Raker肯定目不忍睹。

「師父……」

春雪回頭正要說話，卻留意到視野角落中出現了一些物體，趕忙將頭轉回正面。

飛梭以分毫之差跑在Jigsaw的大招「鏽蝕秩序」有效範圍之外，這時行進方向上的電梯表面卻出現了幾個凸起物往上延伸，想來這些應該是用來帶動比賽高潮的障礙物。如果不是處於這樣的狀況，春雪肯定開得非常起勁，認為這裡正是展現技術的地方，但現在卻只能看得傻眼。

畢竟在貨櫃與油槽林立的空間裡絕對不可能以最高速直線前進，但只要速度稍一放慢，就會被Jigsaw的心念攻擊波及。

春雪正咬牙切齒，又聽見第二座飄浮看台崩毀的巨大聲響，以及無數的慘叫。

「該死……該死！」

春雪不知不覺地放聲大吼。雙眼滲出的淚水讓視野糊成一片彩虹色光景。

——這場比賽本來明明熱鬧到了極點。難得有機會像這樣跟最棒的伙伴同心協力，跟最棒的勁敵盡情對抗。而且最重要的是，本來只差一點點，就差那麼一點點，就可以帶Raker姊到她麼迫切渴望的「天空盡頭」了！

「怎麼可以……在這裡輸掉啊——！」

春雪放聲嘶吼，拭去眼中的淚滴，雙眼瞪視前方。

他不能放任比賽遭到以心念體現出來的憎恨所破壞。他要戰鬥到最後、抵抗到最後。

要避過心念攻擊前進，唯一的方法就是在絲毫不減速的前提下通過障礙地帶。Jigsaw的十號機儘管載重量壓倒性地少，但多半是因為一邊發動大招一邊操作電門行駛，他的速度跟春雪等人的一號機沒有什麼兩樣。只要繼續維持現在的間隔，應該就可以不被鏽蝕風暴捕捉到，搶先衝進終點。

春雪彷彿將自己化為飛梭的一部分，全副精神都集中在雙手握著的方向盤、右腳踩著的電門踏板，以及緊貼著身體的座位上。

幾秒鐘之後，飛梭以極快的速度衝進了不規則散佈在高塔表面的貨櫃群正中央。

「唔……喔……」

低呼聲從咬緊的牙關之間漏出，飛梭忽左忽右地閃過接二連三飛來的鐵柱。由於不能放開電門，一旦重心偏開就再也沒有機會挽回，只能反覆在前後左右四個磁浮輪所發出的磁力幾乎咬不住鋼鐵地面之際驚險過彎。

後座的四個人似乎也感覺到了春雪的決心，儘管春雪什麼都沒交代，但每次車身即將傾斜時，他們就立刻將重心往另一邊靠。一號機就這麼靠著全車乘員死命地團隊合作，持續跑在從後逼近的心念風暴前方幾公分處。

相對的，十號機儘管衝進障礙地帶，行進路線卻絲毫不亂，擋在去路上的貨櫃或油槽全都被他變成整團的鐵鏽而灰飛煙滅。「鏽蝕秩序」發動以來已經過了五分鐘，但不斷肆虐的心念光芒卻絲毫不見衰減。

這麼大規模的「覆寫現象」能維持這麼長的時間，他的想像之堅定實在令人驚駭。春雪為他的憎恨之深覺得戰慄之餘，卻也產生了一抹疑問。

這不是他第一次對上Rust Jigsaw。兩個月前在「秋葉原對戰場」內的對戰場地中，春雪就曾跟Blood Leopard組成搭檔打贏他。

當時Jigsaw完全沒有動用心念招式。從他今天的言行舉止看來，如果他會用心念招式，絕對已經用了出來。既然如此，可以想見的理由就只有兩個，一是Jigsaw會的心念就只有這種要花很長時間來發動，而且還得冒著傷害大腦風險的「空間侵蝕型」，再不然就是上次有被高層的人禁止動用任何心念。

如果答案是後者，那就表示神祕組織「加速研究社」的方針在這兩個月內有了大幅度的更動，因為今天Rust Jigsaw那可說是完全失控的行動，應該是在組織的認可下進行，自稱副社長的「Black Vise」出手協助就是最好的證據。「加速研究社」進行這種最大規模的破壞活動，到底有什麼目的……？

哪怕只是在腦子角落閃過，但能去想這些念頭，全是因為春雪已經多少記住障礙物出現的模式。天線類障礙物分佈的模式雖然複雜，卻有著一定的規則，所以只要往左右閃避時不要失誤即可。這種程度的操控，春雪早在以前玩過的無數種競速遊戲中練得滾瓜爛熟——

但下一瞬間，春雪卻發現這種固定的模式才是最大障礙。

當腦子習慣天線的分布規則，精神上開始行有餘力的瞬間，規則卻突然變得迥然不同。

「嗚……」

春雪悶哼一聲，拚命操作方向盤。車身左右搖晃，側面在沒能完全躲過的障礙物上擦出亮眼的火花。

接著在幾秒鐘後，彷彿要嘲笑春雪的苦鬥似的，大批天線在前方一字排開，其中沒有任何可以穿過的空間，只能往左或往右繞開整排天線。然而要是在這個速度下猛打方向盤，一定會當場打滑。

當春雪判斷出這點時，右腳已經在脊髓反射之下放開電門踏板，猛力踩下煞車。磁力線高聲嘶吼，飛梭重心猛然前傾，同時開始左迴旋。

從背後逼近的風暴並沒有放過這微微的減速。

「小春……！」

拓武喊出聲音的同時，渾濁的紅色已經吞沒了飛梭後半部。

方向盤上傳來異樣的震動。不用看後照鏡，也能知道美麗的銀色車身已經迅速遭到腐蝕，逐漸剝落崩解。春雪按捺恐懼的心情，企圖讓做完旋回動作的飛梭再度加速——然而到剛剛都還那麼可靠的加速卻不再出現。

不只是車身，連後方的磁浮輪也已經生鏽。一號機只靠前方兩個圓盤發出的磁力拚命想往前衝，但出力卻只有原先的一半。

「嗚……！」

「呀！」

拓武跟千百合的叫聲傳入耳中，緊接著是坐在他們前面的黑雪公主與楓子，最後就連駕駛座上的春雪，也被紅色風暴給咬上。

「……哈哈哈哈！給我腐蝕！給我劣化！給我崩潰啊——！」

——好燙！春雪全身都籠罩在一種彷彿被潑了一身熱湯似的劇痛之中。他低頭一看，發現Silver Crow那原本有著亮麗銀色光澤的裝甲各處都開始變得白濛濛的，還開出一個個小小的洞。而在這現象發生的同時，視野左上方的ＨＰ計量表也急速減少，彷彿是在嘲笑上頭所顯示的【LOCKED】字樣。

春雪忍著痛楚，回頭望去。

接著反射性地表情扭曲。後座上的四個人也跟他一樣，對戰虛擬角色身上的裝甲各處都受到侵蝕，縮起身體忍受痛楚。屬於金屬色的Silver Crow原本就比較怕腐蝕攻擊，但他沒有料到連正常顏色的黑雪公主等人也這麼嚴重。Jigsaw的心念已不只是單純的「鐵鏽」，而是跟他本人剛剛喊的一樣，是更源頭的「劣化」與「崩潰」。

「啊……啊……！」

千百合似乎承受不住痛楚，口中發出小小的叫聲。拓武聽了後整個人蓋上去想護住她，但紅光卻鑽過每一個空隙，殘酷地讓Lime Bell身上的新綠色枯萎。

「Bell……！」

Sky Raker喊了一聲，剎那間顯得有點猶豫地放低視線。

但下一瞬間，她堅毅地抬起頭，高高舉起苗條的右手。

「……Raker……」

楓子以左手制止想說話的黑雪公主——接著舉起的左手迸出了亮麗的天藍色光芒。

「過剩光」。那是一股發自內心深處，堅定不移的意志光輝。

「『庇護風陣（Wind Veil）』！」

她高聲唱出招式名稱之後——吹起一陣風。

一陣帶有淡淡天藍色的旋風以Raker為中心，罩住了整架飛梭。緊接著，侵蝕春雪全身的腐蝕痛楚立刻淡去，彷彿根本不曾存在過。紅光與藍風的接觸面上迸出網狀的細小火花，顯示雙方的心念正劇烈衝突。

錯不了，這是Sky Raker發動的心念。這種心念不是攻擊，而是防禦，而且不是只防禦自己，還罩住了半徑三公尺範圍內的所有事物。

若以個人為對象的正面心念是「希望」……

而以範圍為對象的負面心念是「憎恨」……

那麼這種保護他們五個人的正面心念，又該叫做什麼呢？

這種感動從春雪心中閃過，卻也只維持了一瞬間。速度慢下來的一號機籠罩在藍色薄紗之中，Rust Jigsaw所開的十號機則從距離他們約有二十公尺遠的距離外高速超車。屹立在駕駛座上的鐵鏽色虛擬角色仍然雙手舉向天空，將惡意化為大笑不斷散播：

「哈哈哈……哈哈哈哈哈哈！」

鐵鏽飛梭前方的大批天線接連粉碎，更在經過的高塔表面刻下極深裂痕，與春雪等人愈離愈遠。毀了赫密斯之索縱貫賽的罪魁禍首，就這麼朝在宇宙彼端等待勝者的終點線衝去……

「該……死……」

春雪不知不覺地痛罵出聲。

是可忍孰不可忍。憑半毀的一號機，已經不可能追過十號機，但他絕對不能容忍Jigsaw成為勝利者。因為一旦讓他獲勝，等於是所有參加這場比賽的隊伍，甚至連多達五百名以上的觀眾，都輸掉了這場比賽。

但再怎麼不甘心，春雪也已經無能為力……

——不對。

還有方法。即使沒辦法贏得比賽，但還剩下一種手段可以阻止Jigsaw。

這時飛梭總算脫離了「鏽蝕秩序」的有效範圍。Raker收起天藍色的風，整個人筋疲力盡地癱在座位上，黑雪公主擔心地抱住她的肩膀。春雪先朝她們看了一眼，接著視線拉回前方。儘管飛梭的速度已經減半，但前方的兩個磁浮輪應該還管用。

春雪完全忘了Sky Raker的心念招式在他心中帶來的感動，咬得牙關格格作響。

即使繼續開著飛梭，也沒有機會再追上Jigsaw。但現在他卻有著唯一的方法，沒錯——只要不拘泥飛梭，由春雪一個人去。

「……小春，怎麼辦……？只要繼續保持安全距離前進，應該拿得到第二名，可是……」

他聽見拓武從後座這麼問，黑雪公主則壓低聲音回答：

「唔……與其撿這種獎金，還不如整架飛梭……」

這些對話幾乎沒有進入春雪的意識。他直視逐漸遠去的鏽蝕風暴，從駕駛座上搖搖晃晃地站起。

「……Crow……？」

黑雪公主似乎察覺到了異樣，喚了春雪一聲。但他沒有轉頭，只簡短地回答：

「——學姊，大家就拜託妳了。」

「你……你想做什麼？」

春雪沒有回答，維持站立姿勢將電門踩到貼地。

垂死掙扎的機身發出高亢的哀嚎，浮現鐵鏽的磁浮輪迸出迴光返照似的電光。

他看著數位時速表再次上升，接著猛力讓身體前傾。接著雙手舉在身前，用力收縮。在這個動作的帶動下，收在背上的金屬翼片同時往左右張開。

先前Silver Crow受到心念攻擊，導致計量表受到了將近三成無視系統保護的損傷，但他獲得的代價，就是必殺技計量表也累積了半條以上。這也就表示——他現在飛得起來。

「不……不行，Crow，住手！」

察覺春雪意圖的黑雪公主放聲大喊。

「不可以用憎恨的心念去對抗憎恨！現在你再去打也已經沒有意義了！」

「可是……我……我！」

春雪從咬緊的牙關之間擠出龜裂的聲音：

「我怎麼樣也饒不了那小子！」

——無論得訴諸什麼樣的手段，我都要阻止，不，是要毀了Jigsaw。

春雪剛在心中補上這句話，右邊的磁浮輪就發出耀眼的電光，應聲爆炸。

他微微振動張開的翅膀，支撐住即將被慣性往後帶的身體，以恨不得吞了對方的眼神瞪著前方，將遠方的十號機捕捉在視野正中央。

「——上啊！」

在這聲銳利呼喝中，春雪雙翼推力開到最大，丟下打轉後停止的一號機，獨自往前飛翔。

身為加速世界唯一飛行型對戰虛擬角色的Silver Crow，最高速度約為時速三百公里，相對的十號飛梭則以四百公里以上的速度飛馳。也因此，如果從靜止狀態下出發，自然絕對追不上，但只要拿用同樣速度前進的飛梭當彈射架起飛，應該就有些許機會能夠跟上。

春雪將全副精神與必殺技計量表轉換為飛行力，化為一道光線往前直進。

他轉眼間就衝進了「鏽蝕秩序」的有效範圍，全身裝甲開始黯淡，表層更彷彿沸騰似的起泡，崩解為微小的粒子拋往後方。

神經系統再次竄過被烙鐵燒灼似的痛楚，但怒氣卻壓過了疼痛。春雪筆直貫穿肆虐的鏽蝕風暴，朝著飛梭逼近。腐蝕現象波及背上翅膀，讓左右各十片的金屬翼一片片連根剝落，但春雪毫不在意，一心往前衝。

慣性跟推進力都急遽喪失，讓速度跟著放慢。時速六百公里。五百公里。如果速度低過飛梭的時速四百公里卻還沒追上，就再也沒機會接觸對方了。

紅鏽色的十號機越來越近……越來越近……但接近的相對速度卻越來越慢──

「唔……喔……！」

春雪用盡全身力氣大喝一聲，伸出的左手手指碰到了飛梭尾翼。第一次沒有抓住，又再碰一次──這回牢牢抓了上去。

「喔喔喔！」

春雪大聲吼叫，最後只靠臂力將身體拉了過去，跳上飛梭後座。駕駛座上的Rust Jigsaw猛然回過頭來，骨架外露的臉上竄過些許驚訝的神色。

看來這個距離下就像颱風眼一樣，幾乎沒有任何腐蝕效果。但即使如此，先前穿過心念風暴的過程中，Silver Crow全身都已經遭到鏽蝕，ＨＰ計量表只剩三成半。他身上的裝甲碎片不停剝落，但仍然將右手後收，併攏手指，集中所有剩下的精神力。

他淬練想像，發出過剩光，將光濃縮在指尖收斂成劍的形狀。

「……『雷射劍(Laser Sword)』！」

春雪朝Rust Jigsaw的胸口正中央，解放自己所會的唯一一招心念攻擊。

高亢的金屬聲響起，銀色光線從伸出的右手延伸，碰到紅褐色的裝甲，淺淺刺了進去——

但就在這時，Silver Crow右手手肘以下的部分當場碎裂，化為銀光消散在空中。春雪這第一次也是最後一次的攻擊，只打掉Jigsaw ＨＰ計量表上一條掃瞄線就宣告收場。

就在春雪用盡所有力量，即將倒在飛梭上之際。

Rust Jigsaw右手外側伸出一條細細的線，鉤住Crow的左腋下支撐住他的身體。

「……哼，哼哼哼。」

紅鏽色的虛擬角色悶笑著轉身，面對後方。他的腳放開了電門踏板，讓飛梭慢慢減速。但剩下的一號機，以及Blood Leopard與Ash Roller所開的兩架飛梭都已經嚴重損壞，就算現在成功絆住十號機，也已經沒有意義。

當十號機完全停下後，心念風暴跟著慢慢平息，宇宙也恢復了原有的色彩與寂靜。

在冷冽星光與強烈陽光照耀下，Rust Jigsaw右手伸出一條約兩公尺長的細線吊起春雪，開口說道：

「給我認清現實。你們盲信這個世界是遊戲，所以這就是你們的極限了。」

忽然間黑色的細線開始微微震動，上緣密密麻麻地刻著微小的三角刀刃。

是鋸子。這無疑是他上次在秋葉原讓春雪跟Blood Leopard陷入苦戰的主武裝「線鋸」。

「然後，給我痛切感受你們的愚昧要付出多少代價。」

線鋸的振動頻率突然加倍，同時一層薄薄的過剩光籠罩住整條線鋸。他是在透過心念來強化切斷能力，同時藉此破除這個場地上的ＨＰ保護規則。

高亢的金屬聲響立刻從春雪的左腋下響起，接著是一陣灼熱的疼痛。

「嗚……啊啊啊啊！」

春雪發出叫聲想跳開，但身體不聽使喚。線鋸靠著Crow的體重，不斷往他左手連接肩膀的部位陷進去。

幾秒鐘後爆出了大量火花，Silver Crow的左手被輕而易舉地切斷。他的體力計量表染成深紅色，長度剩下不到一成。

春雪失去雙手，像個壞掉的人偶般倒在飛梭上，Jigsaw更對他投以冷嘲熱諷：

「哼哼……儘管悲嘆吧。既然是金屬色，為什麼不是對腐蝕有抗性的黃金或白金，至少換成不銹鋼也好嘛。你就去怨系統吧！」

說著Jigsaw左手也伸出線鋸，兩根線鋸交錯鋸在春雪的脖子上，將他高高吊起。

春雪被吊在半空中，無力地後仰上身，視野中看到了剩下的最後一個看台。

一百多名的觀眾仍然對事態大感疑問與困惑，發出交頭接耳的聲浪，但其中更有人看著Silver Crow果敢嘗試突擊卻一招都打不到，反而無力地被對方吊起，因而露出濃厚的失望神色。「那小子是來幹嘛的？」、「害我那麼期待，結果竟然就這樣……？」無數的聲音刺進春雪的聽覺。

——用不著你們說，對我最失望的就是我自己。

春雪等著喉頭的線鋸朝自己露出獠牙之際，在心中這麼自言自語。

——是我太天真，太無知了。我作夢也沒想到以「憎恨」為來源的心念，竟然有這麼驚人的力量……

腦海中有個聲音回答了這個念頭：

——那還用說，難道你真的相信「希望」這種玩意兒在攻擊力上贏得過「惡意」？

春雪閉上眼睛反駁：

——這種事情我怎麼可能會知道，我又不會用那種力量。

這個聲音再次反駁：

——你說謊。你明明知道，這股力量老早就在沉睡在你體內。那是一股比「憎恨」更純粹的力量。是一種不往外界擴散，而是累積於內在，一心一意淬鍊得極為鋒利的惡意。

——也就是「怒氣」。「憤怒」的心念從遙遠的過去就一直存在你心中，等你釋放出來。

背上正中央突然冰冷地抽痛。這感覺有如心臟的跳動，將一股水銀般冰冷的液體送進春雪體內循環。

——來。

——來！

——就是現在，呼喚我的名字！解放我！我會將你的憤怒轉化為力量！

「嗚……啊……！」

灌滿全身的寒氣，彷彿突然化為火焰燃燒起來，讓春雪瞪大了雙眼。

接著他看見了。自己殘破不堪的身體發出濃烈的鬥氣波動——過剩光。但這種光的顏色卻不是銀色，而是極接近黑色的深灰——春雪過去肯定親眼看過這種黑暗的顏色。

可怕的事情發生了。春雪瞬間籠罩在這樣的恐懼中，但一看到吊起自己的Rust Jigsaw，這種恐懼就立刻被拋到九霄雲外。

看樣子，春雪跟這個聲音之間的對話，是發生在Jigsaw舉起春雪，線鋸剛開始震動的短短一瞬間。他的喉頭傳出一陣不諧和音，細小鋸齒咬進薄薄的裝甲。但春雪連人頭即將落地的恐懼都忘得乾乾淨淨，一心一意凝視著Jigsaw，小聲自言自語：

「我……不會饒你。只有你……我絕對、不會放過。」

「哼哼，給我死心吧，你已經無能為力了。」

「我不饒你……不饒你……」

怒意的核心有如冰雪般寒冷，周圍卻裹著一層的灼熱火焰。在這股壓倒性的怒氣驅使下，春雪有如夢囈般重複著同一句話。

他眼中的Rust Jigsaw已經不再只是Rust Jigsaw本身，而成了十四年人生中大部分時間裡凌虐自己的敵人，那些沒有道理可言的惡意象徵。

如果現在能有個跟他心意相通的伙伴在場，也許春雪就阻止得了自己，就像兩個月前在無限制空間裡進行的那場決鬥一樣。

但現在無論是黑雪公主、楓子、拓武還是千百合，都因為Jigsaw的心念攻擊受到重創，而跟停下的一號機一起留在遙遠的後方。這個事實讓春雪的怒氣有增無減。

「你……你們……」

他以伴隨著金屬共鳴的聲音，發出了最後的咆哮：

「我絕對……饒不了你們——！」

這一瞬間……

怒氣的熱量超過了某個界限。

春雪感覺到有個物體穿破背上裝甲，扭動、伸長。失去雙手的他甩動這條物體，打斷了拘束脖子的兩條線鋸。

「唔……」

接著他猛力後跳，跟低聲悶哼的Jigsaw拉開距離。春雪在停下的飛梭車外著地，以背上伸出來的物體用力刺穿高塔表面，一陣極大的衝擊聲響起，爆出耀眼的火花。

那個物體由無數泛黑的銀色環節型零件串成，前端還有著銳利的劍刃狀突起，是條充滿了煞氣的「尾巴」。

春雪將這黑銀色尾巴當成活蛇似的擺動，猛力深吸一口氣，後仰上身大吼：

「唔……喔……喔喔喔喔喔喔——」

他全身迸出黑暗鬥氣，撼動了整個舞台。上空的觀眾們大為混亂，但這些聲音已經傳不進春雪耳裡，只有一個犀利的命令聲打在腦部正中央。

——來：呼喚我的名字：

春雪將尾巴插在垂直的牆上撐住身體，挺立不動，自然地將腦中閃現的名字——大聲喊了出來。

「Chrome……Disaster——！」

10

不只是觀眾，不只是Rust Jigsaw，就連滿天繁星也跟著沉默。

一片寂靜之中，不知從何而來的漆黑閃電落下，劈在春雪身上。

視野左上方閃爍著一排紫色的系統訊息：

【YOU EQUIPPED AN ENHANCED ARMAMENT……】

字串後頭的游標閃爍了兩三次，彷彿連ＢＢ系統本身都不敢標示出這個名字。

但當游標亮了第四次後，它終於往右滑動，刻下一串文字：

【……『THE DISASTER』。】

一股黑氣溢了出來。

多道黑濁的暗灰鬥氣從尾巴與身體連結處迸出，濃密地裹住全身。這些鬥氣立刻濃縮、增加密度，蓋過了Silver Crow的銀色。

沒過多久，濃密的黑暗表層開始出現金屬光澤──一種跟尾巴同樣泛黑的暗色金屬光輝。

有著銳利邊緣的無數裝甲零件，從他背上往身體末端高速物件化。從胸部到腹部、雙腳，最後連理應已經喪失的左右手都毫無空隙地遮蓋住，完成一套黑銀色的全身鎧。雙手在裝甲內部重生的同時，他的ＨＰ計量表也灌滿到最右端。最後發出鏘一聲沉重的金屬聲響，一頂厚重頭盔從後蓋住頭部。

視野顏色有了改變，追加上一層淡灰色圖層，唯有正中央Rust Jigsaw的身影被凸顯得極為清晰。

春雪慢慢舉起雙手，看看發出凶惡光輝的十指鉤爪。

這與Silver Crow那雙細瘦的雙手截然不同，讓人一看就覺得即使什麼都不拿，本身也是一種可怕的武器。

不，還不只是手。舉凡裹著厚重裝甲的軀幹、強壯而且擁有修長曲線的雙腳，以及裝著三根巨大爪子的腳掌都不例外。

整個虛擬角色的身體，如今都已化為純粹的力量結晶。

春雪承受不住流竄全身的力量感，握緊雙手仰天長嘯。

「咕……嚕，喔喔喔喔喔喔喔！」

從喉嚨發出的，是一陣帶有金屬特效的猛獸吼叫。

Rust Jigsaw站在離得稍遠的飛梭上，上身後縮了一下，但隨即恢復原本的姿勢。Jigsaw應該也沒有料到這個狀況，但他說話的聲音仍然與先前一樣，充滿了冰冷的侮蔑。

「……哼哼，有意思。『災禍之鎧』？也好，我就讓你認清事實，讓你知道……這種號稱最強的力量，終究也只是粉飾出來的假象。」

但就連他這樣的口氣，聽在春雪耳裡也有如一滴落在灼熱火焰的水。

情緒性的思考完全被阻隔，意識之中只有高速運算的邏輯——如何以最有效率的方式癱瘓眼前敵人。

他再也聽不見先前那個多次對自己耳語的聲音，也感覺不到聲音引出的憤怒。理由非常明白，因為如今春雪自己就已經跟怒氣合而為一。

——啊，原來如此。

——我已經……已經是第六代的Chrome Disaster了。

——對不起，學姊。對不起，師父。抱歉了，阿拓、小百……

這些念頭在意識表層產生小小的漣漪，隨即消失無蹤，最後只剩下一股純粹的戰鬥慾望。

先有動作的是Rust Jigsaw。

他在靜止不動的飛梭上慢慢舉起右手，張開稜角分明的五指。那隻手上，還裹著一層泛黑的紅光。

此刻，一個奇妙的現象發生在春雪的視野之中。

新追加的灰色圖層上，高速顯示出幾個英文字。意思是——「攻擊預測／心念攻擊　強化射程／威力／腐蝕類　威脅度／〇」。

「——『鏽蝕掌握（Rust Touch）』。」

唸出招式名稱之後，Jigsaw的右手幻化出一隻巨大的幻影手掌，牢牢握住春雪全身。反射出鈍色光芒的裝甲立刻變得朦朧，然而——

「咕嚕喔！」

春雪短聲咆哮，雙手往外一分。幻影巨手三兩下就被撕開，散到虛空中消失無蹤。鉻銀色裝甲也隨即恢復那沾了水似的光澤。

春雪朝著飛梭踏出沉重的步伐，短笑一聲。

「嚕嚕……你剛剛說，我應該怨恨自己至少該是不銹鋼，對吧？」

說話聲中帶有金屬質的倍頻音，聽起來極為異樣。

「……你錯了。不銹鋼之所以不會生鏽，是因為其中含有的『鉻』形成了一層氧化薄膜。真正不會生鏽的是鉻。」

說著再次發出含在喉頭的笑聲：

「——你的心念，對我已經不管用了。」

春雪嘲笑似的宣告，雙腳有如野獸般用力一蹬。

他在空中唰一聲張開背上雙翼，接著拍動這對與原本金屬翼片一點都不相似，輪廓變得宛若武器的翅膀。

他沒有特別集中精神，右手隨手一舉，手上就迸出了滿滿的暗色過剩光。這些光芒隨即濃縮起來，外型變得彷彿中東戰士所用的拳刃，朝Jigsaw刺去。

Jigsaw則從右手伸出長線鋸，帶上紅色的過剩光準備迎擊。緊接著，又是一行細小的資訊流進春雪視野之中。「攻擊預測／心念攻擊　強化威力／切斷類　威脅度／二〇」。這次甚至還追加預測了線鋸將劃過的曲線軌道。

「嚕嗚嗚！」

春雪叫了一聲，在空中讓身體往右挪開五十公分左右。

長度較長的線鋸先逼近對手，但線鋸前端卻極其忠實地沿著先前顯示的預測路徑劃過。結果，春雪做出以公分為單位的精密閃躲避過這招——這原本需要極大的實力差距才辦得到——緊接著用右手的黑色拳刃用力砸向Jigsaw左肩。

喀啦一聲令人不舒服的聲音響起，Jigsaw的身體被打得朝飛梭上方浮起。但他仍以矯捷的身手轉了幾圈，雙腳落到高塔表面上。

接著他的身體猛然往地球方向一斜。飛梭內部會產生往赫密斯之索主軸方向下壓的虛擬重力，但一走出飛梭，地面就不再是地面，成了垂直延伸數千公里的峭壁。

Jigsaw想也不想，立刻用右手線鋸刺進高塔表面，撐住即將往下墜的身體。

春雪在他正面落地，同樣以雙腳鉤爪刺進高塔，挺立在他身前。

「嚕嚕嚕……你還有什麼馬戲可以表演……？」

這時Rust Jigsaw的雙眼終於發出了濃厚的憎恨神色。

「你這傢伙……反省……我反省……給我反省。給我反省。給我反省給我反省給我反省給我反省！」

低語轉為嘶吼，在一股憎恨的驅使下，他從左手發出了截至目前為止規模最大的過剩光。

線鋸唰的一聲竄出。紅光流進線鋸之中，讓無數鋸齒發出光芒。

線鋸以快得讓手冒煙的速度畫圓，變成一個大圈，緊接著嗡的一聲響起，圓圈射了出來。

這是Rust Jigsaw的遠距離攻擊招式「輪鋸」。這切斷力超強的旋轉圓鋸，當初曾讓春雪應付得十分艱辛。

而且這次的投擲軌道不是直線。輪鋸完全從春雪視野中消失，畫出回力鏢般的軌道襲來。

原本第一次看到這招時，應該是對付不了的。

但視野中再次出現詳細的資訊。「攻擊預測／心念攻擊　強化射程／威力／移動　威脅度／四〇」。接著畫出預測路線——從Jigsaw左手往正上方延伸，越過春雪繞向其背後。

春雪更不回頭，背後尾巴用力一甩。

鏗一聲刺耳的碰撞，必殺輪鋸被輕而易舉地格開，消失在星空之中。

春雪隱約猜到了那顯示在灰色圖層當中的各種資訊是怎麼回事。那是根據災禍之鎧本體所在的強化外裝「The Disaster」當中所累積的大量戰鬥經驗進行運算，藉此預測未來。這件鎧甲誕生於加速世界黎明期，曾讓五名超頻連線者繼承過，到底累積過多少場對戰，春雪根本無從想像。而鎧甲就是靠這量多得直逼無限的資料，才能以駭人精度預測出敵人的所有攻擊。

「…………怎麼回事？給我說清楚，你這力量是怎麼回事？」

Rust Jigsaw以沙啞的聲音驚呼，春雪則透過厚重的護目鏡朝他瞥了一眼，喃喃說道：

「沒招啦？那就給我消失吧。」

接著想也不想就從正面撲上前去。

這已經不是超頻連線者賭上尊嚴的「對戰」，連「戰鬥」也不算，只是一種「殺戮」，不，應該說是「作業」。

Jigsaw空不出右手，於是以附上心念的左手鋸與雙腳企圖迎擊春雪，但他的每一招都被強化外裝的預測運算與春雪自身的靈光閃現完全看穿。春雪靠著翅膀與尾巴，只做出最低限度的移動，並以雙手拳刃隨意切割敵人的身體。

從某種角度來看，這場戰鬥或許可以說是春雪所追求的「空中連續攻擊」完成版，但其中沒有絲毫興奮、美學或矜持。在距離地面三千五百公里的虛空中所進行的，就只是一場醜陋的虐殺。

先是切斷左手，接著是右腳、左腳。最後則是支撐著虛擬角色不往下掉的右手。

春雪花了十秒左右將敵人解體完畢。一大團曾是Rust Jigsaw的虛擬身體殘骸正要下墜，但春雪卻伸手從中抓出了頭部與軀幹的一部分。

Jigsaw理應正承受著莫大的痛楚，卻還留著夠讓他發出輕笑的力氣。

「哼哼……哼，現在你就儘管自誇自讚吧……我的目的，已經達成了。」

儘管春雪已經幾乎完全沒有興趣，但他還是歪頭聽Jigsaw說完。

「不，從換個角度來看，多半連這『鎧甲』的復活也對我們有幫助。給我戰慄吧，從現在這一瞬間起，你們相信的世界就會開始變質。徒具形式的秩序即將失落，原始的混沌將會蓋過一切。給我對我們發起的革命絕望──」

啪沙。

春雪沒有聽完，便捏爛了Rust Jigsaw的頭部。虛擬角色發出紅光爆炸，這名毀了整場赫密斯之索縱貫賽的超頻連線者，就此暫時從加速世界中退場。

──不，真正的破壞者，或許已經換成了春雪自己。直到幾分鐘前還那麼想保護的比賽，如今卻覺得已經無關緊要。

……不夠。才這樣、根本不夠。

春雪在內心這麼自言自語，轉頭環顧四周。周圍當然一個人都沒有，但體內翻騰不已的能量與破壞衝動卻絲毫沒有平息，反而燃燒得更加旺盛。

好想打個痛快。想用這股力量，把更多更多的敵人全都打個稀巴爛。

春雪仰望正上方尋求敵人——剩下的最後一座看台衝進了視野當中。

從座位上站起的一百多名觀眾全露出了茫然的表情，交頭接耳的聲浪在宇宙中來來去去。

「那個……不是『災禍之鎧』嗎……？」

「假的啦，我聽說那玩意已經在前陣子完全消滅了。」

「可是啊……那種強得亂七八糟的性能，除了『災禍之鎧』以外還有別的可能嗎……？」

「可是啊，這形狀跟我在無限制空間裡看到的不一樣啊……」

——要是那麼想知道，你們大可親自嘗試，體驗傳說中的狂戰士「Chrome Disaster」壓倒性的力量。

春雪在護目鏡下露出瘋狂的笑容。

他緩緩張開雙翼，將長長的尾巴疊成S字形，身體往下一沉。

當他正要朝地面猛力一踹，撲向無數獵物之際。

有個東西輕輕碰了碰背上的翅膀。

是記憶。是本來理應只是推進裝置的金屬翼片之中，所滲進的無數對戰記憶。尤其昨晚在春雪房裡跟黑之王Black Lotus打的那一戰所留下的記憶，更在染成暗色的雙翼中閃現。

一個非常非常遙遠而微弱的聲音在腦中復甦。

……你是我的驕傲……

雙腳鉤爪忽然在無意識中用力鉤住鋼板，即將飛起的身體被猛力拉了回去。

——我。

一個有如清澈水滴似的念頭，滴落在為追求戰鬥而沸騰的意識之中。

——我追求的強悍……應該不是這種……不顧一切的殺戮……

白色漣漪在腦海中漾開，緊接著發出黑色光澤的部分裝甲開始不穩定地晃動。

——不要抗拒，不要怕。這就是你追求的東西。

有個焦躁的聲音在腦後耳語。

——來，解放更多的憤怒，破壞眼前的一切，然後吃，吃個乾乾淨淨。這樣一來，你就可以變得更強，得到無限的強。

——吃人？我……我沒有追求這種事……

——我之所以想變強……不是為了我自己，是為了我喜歡的人們……為了保護這小小卻溫暖的「家」……更是為了跟比誰都更重要的她追逐同一個夢想，所以我才……！

視野中忽然浮現出幾張臉孔。這些笑容送出溫和的眼神，卻眼看就要被周圍擠來的黑色波動蓋過。

——那就連他們也給吃了，吃了他們化為自己的力量。不需要別人。毀了一切，破壞一切。我乃災厄之化身，我乃恐懼之象徵，我乃——「Chrome Disaster」是也！

聽到這個破鐘般的聲音……

春雪絞盡所有的精神力喊了回去：

——不對！不對！我……我是……！

「我是，Silver Crow——！」

當這句嘶吼從護目鏡下迸出的瞬間——

全身的重裝甲就像液態金屬般失去硬度往腳下流開，露出Silver Crow本來的面罩。但暗色的金屬沒有消失，再次纏上白銀色的裝甲，企圖重新恢復鎧甲的模樣。

「唔……喔、喔喔喔……！」

春雪以恨不得握碎拳頭似的力道握緊雙拳，拚命地抗拒企圖支配他虛擬身體與意識的暗色波動。

但只撐了短短幾秒。他的努力徒勞無功，凶惡光芒再度從四肢尖端開始包覆身軀。

這種支配力已經超出了物品的範疇，甚至讓人懷疑是否真的是一種「詛咒」，懷疑它是否已經不只是伺服器上的數位程式碼，而是具體的意識。而這個意識正企圖跟春雪的意識融合。

儘管完全看不出到底是什麼樣的運作邏輯在引發這種現象，但事實就是如此，儘管只有幾分鐘，春雪的思考已經受到強烈的干涉。跟Rust Jigsaw對打時，春雪有一半以上不是春雪自己。要是下次陷入同樣的狀況，難保不會將那駭人的力量指向自己的伙伴——指向自己最珍惜的人。

沒錯，就像曾試圖獵殺自己「下輩」Scarlet Rain的第五代Disaster——Cherry Rook那樣。

「給我消失……給我消失……給我消失啊啊啊！」

春雪從牙關之間擠出拚命的嘶吼，但鎧甲已經恢復到前臂與膝蓋的部分，來勢極為凶猛。

——既然如此，那我也只能做一件事。

他舉起右手那映出光芒的銳利鉤爪。

春雪將鉤爪的尖端，朝向自己胸口正中央。

就在他企圖用這持續滴出黑濁心念鬥氣的五根手指，刺穿對戰虛擬角色最大弱點之一的心臟之際……

卻聽見遠方有人在呼喚他的名字。

「小春——！」

他驚覺地抬起頭來，朝太空電梯下方看了一眼。

結果見到了一幅意料之外的光景。

春雪看到嫩綠色的虛擬角色Lime Bell朝他伸出右手，也看到將她背在背上，讓噴射器噴出火焰筆直飛翔的天藍虛擬角色Sky Raker，而在更後方還可以看到靠著僅剩的一個磁浮輪拚命開來的一號機。

「……不……不要過來！不可以過來啊，Bell、Raker姊！」

春雪不顧一切地大喊，結果分散了注意力，讓鎧甲加快了復原速度。

黑暗鬥氣從春雪全身直噴而出。

銳利的金屬聲響接連不斷，災禍之鎧一路從肩膀、胸部覆蓋到腹部，最後只剩下脖子跟頭部。而這些部位也隨即有重金屬不斷聚集過來，企圖形成那外型凶惡的頭盔，視野更罩上了一層薄薄的灰膜。

一旦這頂頭盔的護目鏡放下，相信Silver Crow一定會就此完全消失。

但Sky Raker的衝刺沒有放慢，反而繼續加快速度朝春雪飛來。

Lime Bell在她背上舉起了左手的手搖鈴。

接著，她將反射出耀眼陽光的大型手搖鈴，沿著反時針方向轉動一次、兩次。接著是第三次，以及第四次。

最後千百合將手搖鈴對準春雪揮下，發出比繁星的漣漪聲更加清澈的高喊：

「香櫞鐘聲————！」

天使樂隊奏出莊嚴鐘聲。發出綠色光芒的絲帶乘著優美的和絃，從手搖鈴中流出。

覆蓋住視野的追加圖層上，浮現出一串不規則閃爍的文字。「攻擊預測／正規必殺技　範圍不詳／威力不詳／效果不詳　威脅度／一〇〇」。

春雪的左手擅自有了動作，企圖朝絲帶發出黑暗波動。

但他擠出幾乎讓腦子燒掉的意志力，以右手按住左手。

緊接著，一陣清澈的萊姆綠光芒籠罩住春雪全身。

暗色金屬裝甲彷彿被這些光帶劈開似的，斷成了許多截。重金屬再次溶解成流體，還一路往背上的尾巴與身體連接處回流。千百合以必殺技「香櫞鐘聲・模式2」的力量，強制回溯虛擬角色的狀態，想藉此解除強化外裝。

——咕……嚕，喔喔喔喔喔喔喔喔！

腦海中滿是凶猛的野獸咆哮。憤怒與焦躁的聲響排山倒海湧來，其中還包含了一絲恐懼。

——給我消失，消失啊！我不需要你這種玩意兒！我已經擁有更強，而且遠比你更正確的力量！所以……你給我消失————！

彷彿受到春雪的吶喊所逼，除了最先出現的尾巴以外，所有金屬都就此消失。春雪在嫩綠色光芒中，舉起重獲自由的雙手，抓住自己背上伸出的尾巴，接著使盡力氣猛拉。
整個虛擬身體都被拉得發出哀嚎，劇烈得駭人的痛楚貫穿背脊，但春雪始終不放鬆力道。
令人不快的破壞聲霹啪作響，雙手握住的粗尾巴彷彿成了另一種生物般猛力掙扎。
——愚蠢。
那個音量變弱的聲音在背上耳語：
——你內心其實盼望跟我的力量完全融合。原因很簡單，除了我的創造者以外，你是唯一一個能跟我同調到這個地步的人。
春雪毅然反駁這個聲音所說的話：
——就算你說得沒錯，我還是要拒絕你、否定你。為了給予我這種堅強的人們，我就是要這麼做！
同時他將所有剩下的意志力，集中到抓住尾巴的雙手上。
春雪將這些意志力化為光線釋放出去。
「雷……射……劍！」
彷彿一對純銀打造出來的劍交擊似的清脆金屬聲響，迴盪在整個宇宙之中。
迸出的兩柄純白光劍呈十字交錯，攔腰斬斷重金屬的尾巴。
凶猛的野獸咆哮最後一次響起，接著春雪視野左上方有一行系統用色的訊息開始閃爍：

【YOU DISARMED「THE DISASTER」】。

最後剩下的半截尾巴彷彿被陽光吹散似的溶解、消失。

春雪用盡全身力氣，緩緩朝地球方向落下，卻被飛來的千百合與楓子四隻手輕輕抱住。

看樣子，失去意識的時間比想像中還長。

當春雪抬起沉重的眼瞼時，黑之王Black Lotus那漆黑的鏡面護目鏡已近在眼前。

「學……姊……」

說完，他微微抬起頭來，發現自己人在停住的一號機後座。他橫躺在長凳型的座椅上，上半身靠在Lotus膝蓋上。

黑雪公主發現春雪恢復意識，緩緩點頭，從面罩下發出平穩卻帶著些許顫抖的聲音：

「……幸虧你回來了，Crow。你好努力……真的……幸虧你回來了……」

「學……姊……」

一聽到她這麼說，春雪的聲音也開始劇烈顫抖：

「我……對不起……我……我……」

「現在什麼都別說。你盡了全力去跟該戰鬥的對手戰鬥。現在知道這些就夠了……」

「……就是啊，鴉同學。」

Sky Raker從駕駛座上回頭伸出手，摸了摸春雪的頭盔，輕聲說：

「你從破壞者手中保住了這場比賽。對於你打的這場仗，黑暗星雲……不，整個加速世界裡都沒有人能怪你。」

「………………」

春雪突然滿腔感動，正想低下頭去，後座的拓武就以一貫的說話聲調開口：

「就是啊，Crow。而且我很清楚你從以前就是這樣，理智一斷線就會不顧一切猛衝。當你飛去追十號機的時候，我只覺得『唉，怎麼又來了』。」

「啊哈哈，真的是這樣！然後每次都是我們幫你擦屁股呢！」

千百合在拓武身旁笑得十分開心，讓春雪忍不住回嘴：

「我、我又沒拜託你們幫我擦！」

「啊啊～你這樣對我們說話喔？虧我跟Raker姊那麼拚命，你卻說這種話啊～？」

「嗚……對、對不起……多虧你們幫忙了……」

這段互動讓四人一起笑出聲來，春雪晚了一拍，然後也跟著笑了。

大家和樂融融地聊了一會兒，千百合轉身打量飛梭說道：

「唉唉唉，可是虧小春這麼拚，卻沒辦法開到終點，真是遺憾耶！只差那麼一點了……」

聽她這麼講，春雪也從黑雪公主膝上坐起，檢查一號機的狀態。千百合說得沒錯，這架飛梭看來是再也跑不動了。後半部被Rust Jigsaw的心念攻擊打個正著，鏽得破破爛爛，前面的兩個磁浮輪之中，右邊的已經整個不見，左邊也已經冒著火花，甚至讓人覺得真虧它能從春雪起飛的位置開到他跟Jigsaw交手的地點。

「……算了，這也是無可奈何。」

黑雪公主輕輕揮動右手劍這麼說。

「光是沒有被他們搶走冠軍，就該覺得慶幸了……而且，想來今後加速世界的情勢會變得非常緊張，讓人沒有心思去想慶祝活動的事……」

她說後半段話時聲調轉低，春雪正想問她為什麼這麼講，但就在這時——

「HEY、HEY、HE——Y！要Give up還Too early啦Man！」

「唔哇？」

春雪嚇得叫出聲。回頭一看，才發現兩架磁浮輪發出無力火花的飛梭，一寸寸爬著高塔上來。錯不了，是他以為早就被迫棄權的綠隊跟紅隊。

跑在前面的飛梭駕駛座上坐著Ash Roller，但應該坐在後座上的Bush Utan等綠色軍團成員卻不見蹤影。

而跟在後面的另一架飛梭，則是由深紅的豹頭虛擬角色Blood Leopard駕駛。但她也是獨自前來，看不到四名射手的身影。

兩架飛梭的損傷程度都跟一號機差不了多少。他們在春雪等人茫然的目光注視下，搖搖擺擺地接近，並以生硬的動作停在旁邊。緊接著，兩架飛梭的磁浮輪全都發出沒出息的聲響彈了出去。

「啊，唉唉唉，只能開到這裡啦?真是Mega辛苦你啦。」

Ash Roller伸手拍拍飛梭側面，Pard小姐也輕輕摸著方向盤說了聲：

「GJ。」

接著兩人不約而同抬起頭來，望向黑暗星雲的五人。黑雪公主儘管不明所以，但仍然代表眾人說話：

「……總之我先說聲『辛苦了』吧……只是，你們為什麼要特地放下其他人追來?比賽已經肯定不可能繼續下去了，不是嗎?」

「呃，這個嘛，怎麼說，我跟這位Panther head大姊Little bit商量了一下。」

Ash Roller隔著骷髏安全帽搔搔後腦杓說：

「我們覺得所有隊伍就這樣棄權也未免太窩囊……」

「你的說明拐彎抹角，還有我不是Panther，是Leopard。」

Pard小姐以冷漠的口氣打斷他，接過了話頭：

「現在所有飛梭都已經無法行駛。但只要我們三隊合作，就有微薄希望能抵達終點。」

「這……這話怎麼說？Leopard。」

Pard小姐正視探出上半身的Sky Raker說道：

「只要踏出飛梭一步，就是垂直的峭壁。可是我的『野獸模式』跟機車男的機車都有飛簷走壁的能力。」

「機、機車男……」

她無視以複雜心情喃喃自語的Ash Roller，流暢地說明下去：

「只是這兩種能力都會消耗必殺技計量表。所以，首先由我跟機車載著Crow跟Raker到跑不動為止，然後由Crow背著Raker飛到不能飛為止，最後再由Raker用『疾風推進器』剩下的能量盡力去飛。至於這樣到不到得了終點……」

Pard小姐雙手一攤，彷彿在說結果只有天知道。

這個意料之外的提案，讓春雪等人聽得傻了眼，好一陣子沒有說話。而最先打破這陣沉默的則是黑雪公主：

「……原來如此，有意思，值得一試。不過……你們提供協助，當然不會不求回報吧？」

「那是Of cour————se！第一名的獎金點數要Cutting成三等分，你們要是敢私吞，可就Giga suck……」

「Ash，你太下流囉。」

Raker一出聲，Ash Roller立刻閉上嘴，改由Pard小姐微微歪頭問：

「怎樣？」

「那還用說，算我們一份。」

聽到黑雪公主立刻回答，豹頭虛擬角色以一貫的「K」回答，露出淡淡微笑。

以「變形」指令變成優美四足猛獸的Blood Leopard背上，坐著輕量的Sky Raker。而Ash Roller所召喚的骷髏造型美式機車後座則載著春雪。

「那麼，祝你們好運，我們會在這裡替你們加油。」

黑雪公主說完，拓武跟千百合也點點頭：

「就靠你們了，各位，讓這場活動有個漂亮的結局吧！」

「加油囉，Crow、Raker姊！還有Leopard姊跟騎機車的那位！」

Ash Roller先猛然垂下頭去，接著以一貫的調調大喊：

「那我們要上啦！烏鴉小子，給我Hold me tight啦！啊啊啊，這句話我本來是想要對師父說的耶——」

這句有點沒出息的台詞，跟引擎的轟隆巨響重合在一起。機車先讓後輪猛力一撇，接著開始磨著垂直壁面往上衝。

載著Raker的Pard小姐則幾乎沒有發出任何聲響，隨後跟上。模仿貓科猛獸的腳掌緊緊吸附在高塔表面，模樣簡直像隻沿著樹幹往上跑的貓。

當他們四人開始移動時，頭頂上忽然傳來意想不到的聲浪——為他們加油的歡呼。剩下的最後一座看台上，形形色色的虛擬角色一起為他們加油：

「好耶，讓我們看看什麼叫做超頻連線者魂——！」

「不要輸給那種來亂的傢伙——！」

「加油啊～～Leopard小姐～～～！」

「烏鴉——你剛剛幹得好啊——！」

聲援之中還包括對Silver Crow的讚賞，讓春雪不由得抬頭望向上空。

他們應該有看到春雪召喚了禁忌的強化外裝「災禍之鎧」，甚至還一度企圖用鎧甲之力屠殺這超過百名的觀眾，但卻沒有聽到對此責怪的聲音。

也許，這單純只是因為他們還沒察覺到事實真相。但儘管如此，他們送來的聲援仍然讓春雪滿心溫暖。

看樣子看台是設定成跟領先的飛梭同步上升，這群觀眾並沒有跟上來。巨大的看台，以及待在更下方揮手的黑雪公主、拓武、千百合的身影，都在轉眼間遠去，最後與電梯外板映出的銀色光澤融成一片，再也看不見了。

接下來好一陣子，離地三千多公里的宇宙空間中，只剩沉重的引擎聲與輕巧的腳步聲。不久前的大破壞簡直就像沒發生過，赫密斯之索銀色的美麗身影無限往前延伸，通往無數繁星流過的天河。

沒有人想說話，也不需要說話。四個人各自懷抱著不同的感慨與共通的意志，朝著高塔頂點前進。春雪相信這點，放心委身於機車的震動之中。

Rust Jigsaw在退場之際說出了「革命」這個詞。也就是說，這次的大規模破壞活動，是在他所屬的組織——「加速研究社」——的明確意圖之下進行。然而無論今後加速世界將面臨什麼樣的改變，一定也有些事物絕不會變。原因很簡單，因為連原本分屬三個敵對軍團的超頻連線者，都可以像現在這樣同心協力，朝著同一個目標邁進。

——只要不忘記這個事實，我就再也不會輸給「災禍之鎧」的誘惑。

那個聲音，已不再回答春雪心中的自言自語。

也不知道就這麼跑了多久。

過了一會兒，前方出現一排不是星星的小小光點。這些光點繞著前端消失在漆黑宇宙之中的赫密斯之索，排成一個發出藍光的美麗光圈。

「……看來那就是終點的頂端太空站啦。」

Ash Roller說著，放慢了巡航速度。

「因為重力比較低所以跑得相當遠，不過我只能到這兒了。Leopard大姊那邊呢？」

「我也一樣。」

兩人互視點頭，朝各自載來的人看了一眼。

「Crow，後面就交給你啦……還有啊，不管過程怎樣，你跟那個紅鏽混蛋打的時候，已經展現出Extreme的Guts。雖然你今後也許會面臨難熬的狀況，不過你可別喪氣啊。」

Ash Roller有點不好意思地說完，春雪深深點頭，好不容易才擠出一句話：

「謝……謝謝你。」

「嗯——還有，Never forget該分給我們的點數啊，烏鴉小子！」

右邊的Blood Leopard對Sky Raker說的話則極為簡短：

「Raker，我只有一句話……『ＩＣＢＭ』，歡迎回來。」

Raker在她背上輕輕摸了摸，同樣簡短地回答：

「……我回來了，『血腥小貓（Bloody Kitty）』。」

兩邊都道別過後，春雪張開了背上翅膀。

跟Jigsaw的一場心念戰，讓Silver Crow幾乎集滿了必殺技計量表。他輕輕震動翼片，無聲地從機車後座上浮起。

接著春雪伸出右手，跟Raker伸出的左手牢牢互握。這個虛擬角色重量極輕，只是輕輕一牽，她就離開了Leopard背上，朝春雪靠了過去。

這時機車跟豹的必殺技計量表似乎終於用盡，雙方速度都開始遽減。春雪改成背向飛行的姿勢往上飛，目送兩人離開。

「那我走啦！Crow，你可要好好帶我師父上去啊！」

「CU。」

輪胎與腳停下動作，在壁面瞬間停住——接著輕飄飄地離開。

Ash Roller與Blood Leopard受下方蔚藍的地球重力牽引，開始慢慢落下。如果是在現實世界，這種高度的軌道上應該完全沒有空氣，但加速世界裡似乎有設定大氣摩擦的損傷，兩人的虛擬角色隨即籠罩在一層橘色光芒之中。

兩個流星般拖出漂亮尾巴的輪廓逐漸遠去，隨即在一次較強的閃光後消失。

「……謝謝你們。」

春雪對回到現實之中的兩人深深低頭致意，再次轉身面向赫密斯之索的頂點。

離有著藍色光圈裝飾的頂端太空站，還有相當長的距離。即使將兩人的飛行能力相加，也很難說到底飛不飛得到。然而春雪心想，能不能抵達終點，其實已經不重要了。三個隊伍同心協力而且盡了全力，這才是整場比賽中最值得珍惜的。

「……我們走吧。師父，到我背上……」

春雪對自己牽著的天藍虛擬角色這麼說，楓子微微一笑：

「既然都是要抱，乾脆把我抱在身前吧，畢竟我們難得有機會獨處。」

「咦……好……好的。」

春雪心慌意亂地點點頭，雙手分別放上她裝備著推進器的背部，以及膝蓋以下被切斷的纖細雙腳上，而Raker也將雙手圈在春雪脖子上。

「那……那我們出發了！」

春雪為了掩飾自己的不好意思，斬釘截鐵地宣告，接著振翅飛行。

為了降低必殺技計量表的消耗，他將推力調整到最低限度，反正已經沒有競爭對手了。兩名虛擬角色拖出淡淡的銀光尾巴，開始平穩地上升。

兩人在僅有無數星星照看的寂靜世界中飛翔。不知道是不是錯覺，左上方照亮世界的太陽似乎也多了幾分柔和，只剩小小影子在平滑而彎曲的赫密斯之索壁面上跟他們並行。

兩人好一陣子都沒有開口。

但過了一會兒，額頭靠在春雪右胸上的楓子半閉一對晚霞色鏡頭眼，輕聲說道：

「……這幅光景……這些年來我作夢都會夢到……可是同時，內心深處卻又害怕……」

儘管大氣極為稀薄，仍然吹起了微弱的風，吹動她那帶著幾分藍色的銀髮。楓子以右手手指輕輕撥開瀏海說下去：

「這『天際之外』對我來說本是遙不可及的夢想。為了實現這個夢想，多年來我犧牲了所有的一切，像是自己的戰鬥力……黑暗星雲副團長的責任……還有小幸的友情。我拋棄了一切，背負巨大的罪過，但我的手仍然碰不到天空……當我體認到這個事實……心中也許有著一點如釋重負的感覺。因為我心想這麼一來，我就可以從這股驅策自己的執念中得到解脫，之後只要悄悄待在被所有人遺忘的高塔塔頂，看著加速世界變遷就可以了……」

Raker露出微笑，閉上了眼睛。那張臉始終極為平靜，春雪卻看到她的眼角有一些極為細小，卻像鑽石般閃亮發光的粒子——是眼淚。

「……這個夢想對我的肩膀來說太沉重了，可是即使我受不了而放下，卻仍然拋不開它，只能一直用雙手呵護這即將消逝的夢想火種……可是有一天，有隻小小烏鴉突然出現在我的庭院，繼承了我的夢想……那時候我真不知道有多高興……此時此地，我要對你道聲之前一直沒機會說出口的感謝。謝謝你，Crow……不，謝謝你，春雪同學。」

楓子睜開眼睛，伸出左手輕輕摸過春雪的臉頰，接著突然改以堅決的語氣宣告：

「有勞你一路抱我到這裡，可是我沒有權利抵達這場比賽的終點，前往真正的天空盡頭。我們對調角色吧，由我帶你到我不能再飛的地方為止，之後就由你朝終點前進。這是放棄夢想的我該盡的義務，同時也是遠比我更渴望、更認真，一直朝天空邁進的你應有的權利……來，鴉同學，就在這裡放下我吧。」

聽到她這麼指示——

春雪以輕柔但堅決的動作搖了搖頭。

「不，這妳就錯了，Raker姊。」

「咦……？」

「妳沒有放棄夢想。妳所追求的天空，打從一開始就遠比我來得更高。我現在就證明給妳看。我……我會來到這裡，來到赫密斯之索的頂點，唯一的目的就是告訴妳這點。」

春雪說到這裡，突然以全力振動雙翼。

左右各十片的金屬翼片籠罩在耀眼的白光之中，發出高亢共鳴聲，強猛的推進力籠罩住他們兩人，左右星辰化為一條條長線往後流逝，然而——

全力衝刺只維持了幾秒鐘。

翅膀的振動聲突然變弱，發光現象跟著消失。這不是因為計量表用完。翼片明明還在劇烈振動，卻沒有產生任何推力。過了一會兒，連慣性作用也完全消失，兩人終於停止上升，這時春雪才微笑著對懷裡的楓子說：

「因為空氣太稀薄，憑我的翅膀就只能飛到這裡了。我的飛行能力是靠翼片振動拍打空氣推進，所以在這麼高的地方，不管怎麼拍動翅膀都前進不了。這個遊戲對細節實在講究得太過火了呢……」

楓子睜大眼睛，默默傾聽他說話。春雪直視她那美麗的晚霞色眼睛，終於將長久以來一直留在心中的話化為實質的聲音：

「可是……可是妳的翅膀『疾風推進器』是噴射型推進器，即使在這個沒有空氣的世界裡，妳……只有妳還能飛行。至於妳的飛行能力為什麼會是推進器……那是因為打從一開始，妳看著的就不是天空，而是天際之外，看著這遠比天上雲朵更高、遠比平流層更高的地方……也就是說，妳盼望的是這滿天繁星的世界──妳的虛擬角色……」

春雪說到這裡先頓了頓，在面罩下深吸一口氣，接著以顫抖但明白的聲音宣告：

「是為了在這個世界飛翔而生的。Sky Raker（掃視天空之人），妳是宇宙戰用的對戰虛擬角色。」

這句話擴散到稀薄的大氣當中，隨即溶解、消失。

楓子睜大了映出晚霞色光芒的雙眼，但她沒有說話，只是一直跟春雪對望。

過了一會兒，她輕輕轉開臉去，望向腳下。春雪也將視線轉往同一個方向。

一顆支撐著無限聳立的鋼鐵巨柱──赫密斯之索──的巨大藍色行星，就攤在他們眼前。是地球。右側有著陽光的照射，映出一整片依序從淡藍、蔚藍到黑色的美麗漸層色彩。純白雲層以這些色彩為背景，描繪出複雜的花紋，周圍則有大陸刻下複雜的輪廓。

楓子輕輕舉起右手，指向劃出平緩弧線的右半球與漆黑宇宙之間的界線。

春雪凝神一看，發現那兒裹著一層淡藍色的薄紗，從冰冷的宇宙空間中保護地球。跟行星和宇宙的規模相比，這層薄紗的光輝實在太過渺小。

「……那渺小的天藍色線條……」

楓子的耳語彷彿是種化為實體的思念，撫過春雪的意識。

「我所追求、夢想、有時甚至憎恨……最後終於放棄的天空，全都在這裡了啊………」

晚霞色雙眼這回真的流下了大滴淚水，飄散在虛空之中。這些水滴隨即受到極小的引力拉扯，回歸行星的藍色汪洋懷抱。

楓子再次望向春雪，左手也舉了起來，以雙手圈住Silver Crow的脖子，雙臂灌注力道，在耳邊一字一句清清楚楚地奏出幾句話：

「謝謝你，鴉同學。能來到這裡……能看到這片光景，我真的非常慶幸。我到現在才恍然大悟，讓我一直失去這雙腳的……不是我的執著，而是我的恐懼。我一直害怕知道天空到底有多大……害怕夢想就此結束。可是，其實我不必害怕，因為……」

春雪也在無意識中，將自己的聲音跟她接下來所說的這句話交疊在一起。

「『因為這個世界是無限的。』」

楓子在他耳邊微微一笑，忽然用嘴唇在春雪的頭盔側面一印，嘴唇順勢滑到他嘴邊，接著緩緩放開。

「咦、請、請問……」

春雪以毀了整個氣氛的力道猛搖頭，Raker的笑容也轉為慧黠。

「我有隔著頭盔，相信小幸也會原諒我的。」

說完又換上另一種表情，以堅定的聲音說：

「真的很謝謝你，鴉同學。我……要過去了。」

「……好的！」

春雪用力點頭，以雙手支撐住楓子的身體，讓她輕柔地飄向太空。Raker伸出的手指摸過他的手臂、手掌，最後終於分開。

天藍的虛擬角色默默點頭回應，接著轉身仰望天頂。

赫密斯之索的頂端太空站已經不遠，裝飾在上頭的藍色光圈也十分清楚，更遠方微微發出的人工光線集合體亦同。那肯定就是飄浮在距離地面三萬六千公里外的靜止軌道太空站。

楓子苗條的雙手貼在身體兩側，讓背上的流線型強化外裝「疾風推進器」噴出小小火焰。由於置身於幾乎毫無重力的世界，只要一點推進力就足以讓虛擬角色緩緩上升。Sky Raker毫不回頭，慢慢加速。她的身影越來越遠、越來越遠。

——接著，春雪清楚地看到了這個景象。

發出藍光的粒子開始聚集在Raker那少了半截的雙腳斷面，接著濃縮在一起化作優美的形體。表面原本像玻璃一樣透明，但隨即從膝蓋部分慢慢恢復成跟虛擬角色本體相同的天藍色。

從苗條的小腿肚、修長的腳脛、穿著高跟鞋的腳踝，以及銳利的腳尖。全都在陽光照耀下閃閃發光。

「……啊、啊……」

春雪喉頭發出小小的聲音，同時滾燙的液體從雙眼溢出。

就在星光下一片模糊的視野正中央，他看到Sky Raker經歷了三年時光——不，在加速世界裡，肯定度過了更多倍的時間——才終於找回了原本的模樣，貫穿漆黑往前飛翔。她以像跳舞又像游泳的強勁加速，無限地展翅高飛。

到了這時，讓春雪抗拒重力懸停在原處的翅膀，終於耗盡了能量。

春雪違抗輕輕拉扯虛擬身體的重力，伸出右手。

推進器的光芒，在他張開的手指縫隙間成了一顆藍色的大星星，畫出十字形光芒。

11

「你說是上一代Chrome Disaster的……『鉤索』造成的……？」

黑雪公主將杯子送往嘴邊的動作在空中定格，茫然地複誦春雪說過的話。

「是啊……除此以外我再也想不到其他可能了……」

春雪先依序看了看同樣啞口無言的楓子、拓武跟千百合，這才垂頭喪氣地點點頭。

時間是六月九日星期天，午後十二點十五分，地點則是有田家客廳的沙發。五個人全都以些微之差陸續回到現實世界後，到現在還只過了十分鐘左右。

眾人做的第一件事，當然是攜手慶祝他們度過重重難關，順利拿下「赫密斯之索縱貫賽」的冠軍——即使獎金點數需要跟紅隊與綠隊均分——每個人都稱讚彼此的活躍，還拿裝在玻璃杯裡的烏龍茶乾杯。

但奪冠話題聊完，必然得討論沉重的議題，也就是Silver Crow變成Chrome Disaster這件事。

只是話說回來，倒也沒有人責怪他召喚鎧甲一事，因為黑雪公主率先表示「如果可以，自己搞不好也會做同樣的選擇」。然而有件事非弄清楚不可——那件鎧甲到底是怎麼出現，不，應該說怎麼復活的。

五個月前，春雪跟拓武及黑雪公主接下紅之王Scarlet Rain的委託，在無限制中立空間與第五代Chrome Disaster交手。在一場激戰之後他們終於破壞了鎧甲，而當時召喚鎧甲的Cherry Rook也由紅之王親手「處決」。

當這一切全部結束，準備從池袋陽光城的登出點回到現實世界之際，在場每個人都打開了自己的物品儲存視窗，確定過災禍之鎧沒有轉進自己手裡，春雪當然也清清楚楚地記得打開的視窗裡一片空白。

所以事到如今，Silver Crow應該不可能召喚出Chrome Disaster。

但現實擺在眼前，春雪靠著災禍之鎧駭人的力量，瞬間消滅了強敵Rust Jigsaw。

唯一能解釋這個矛盾的理由，就是春雪在談話中奇蹟般回想起來的某個現象。那是在池袋激戰中所發生小插曲，小得讓他之前絲毫沒有放在心上。

「呃……學姊有直接跟第五代Disaster打過，我想妳應該還記得……」

春雪雙手緊緊握住已經不冰的烏龍茶，結結巴巴地說出自己的想法：

「他可以從雙手發射出一種很細的鉤索，將對手或物件拉到自己身前，還可以反過來將鉤索固定在各種地形上，把自己給拉過去，等於是一種變向的飛行能力。我完全無法預測他的機動方式……為了阻止他登出，無可奈何之下，我只好故意讓他把鉤索勾在我背上。」

春雪說話時，回想起鉤索命中自己背部所發出的衝擊與金屬聲響，更想起了那冰冷而尖銳的尖鉤觸感。

「我以自己的翅膀，把用鉤索繫住的Chrome Disaster拉到高空去，最後用一記俯衝下踢了結他。當時Disaster的本體確實已經遭到破壞，可是……鉤索卻因為衝擊而斷裂……鉤子的部分一直留在我背上……從登出點回來之前，我也沒檢查過這鉤子到底怎麼了。」

春雪說到這裡停頓下來，黑雪公主聽完後茫然說道：

「你說是上一代Chrome Disaster的……『鉤索』造成的……？」

「是啊……除此以外我再也想不到其他可能了……」

春雪垂頭喪氣，這時拓武發出了同樣掩飾不住震驚的聲音：

「可、可是小春，從對戰虛擬角色身上脫落的零件……繼續附著在其他虛擬角色身上，甚至連登出超頻連線之後都還留著，這種情形有可能發生嗎……？」

「我、我也從來沒聽說過這種事。」

千百合用力皺起眉頭，搖搖頭說：

「我以前也常常身上還插著劍啊槍啊之類的東西，就直接結束對戰，可是等到下次對戰的時候，這些全都不見了耶？」

「可是……我再也想不出別的理由可以解釋了。而、而且，剛剛我召喚Disaster時，也是先有一條很長的尾巴從我的背上長出來，那正好就是以前我被鉤索勾到的位置。」

——這幾個月來，那個神祕的聲音數度對自己說話時，背上的那個位置也一定會抽痛。

但唯有這個念頭他說不出口。因為這實在太可怕了。若連那種抽痛都是Chrome Disaster的鉤索留下的，那就表示連現實中的身體，也會持續受到加速世界中所受的傷害影響。唯有這點他怎麼想都覺得不可能，實在太不合理。

從小玩在一起的三人組面面相覷，不發一語，這時楓子有些猶豫地開了口：

「……其實……這種『跨越對戰場次的異物殘留情形』，在系統上本來就是可能發生的現象。」

「咦！」

Raker的目光靜靜掃過猛然將視線轉來的三人，開始對他們解釋：

「也就是具有『寄生屬性』的攻擊。雖然這種情形極為罕見，但聽說當『詛咒』系統的力量發展到極致，就有機會獲得這個屬性。不過我知道的能力頂多都只是讓小動物型物件寄生在對方身上，偷取對方的視野與聽覺資訊，再不然就是在對方身上裝設炸彈，再透過某些條件觸發……」

黑雪公主低聲接過話頭：

「……強化外裝將自己的一部分寄生上去，藉此躲過毀滅的命運……這種情形我從來沒聽說過……可是……如果春雪的話是事實，那就可以解釋Disaster的某個傳說。」

黑之王放下杯子，雙手在翹起的腳上交握，接著說了下去：

「傳說中，當一個人逼得災禍之鎧持有者永久退場，鎧甲就會以百分之百的機率轉移到這人的物品儲存區。在正規的物品所有權轉移規則下，本來不可能會有這樣的機率，但如果無法以物品轉移規則轉移時，便會將自己的一部分『寄生』上去以求存活……就覺得似乎也不會說不通……」

「是……是啊，的確是這樣……」

春雪被寄生這個字眼的可怖印象嚇得縮了縮身體，同時點點頭。接著他又想到一件事，於是趕緊發問：

「可、可是，如果說寄生是系統規範的能力，應該就有方法可以解除對吧？」

「對……有方法。一般的寄生攻擊，只要經過夠長的時間就會自行消失，另外應該也可以用『淨化』能力來解除——麻煩的是，解除者的能力等級必須相同或更高啊……只靠斷掉的鉤索就能長回全身，要說有誰能解除這種強度的寄生能力，恐怕只有……」

黑雪公主與楓子互望一眼，嘴角同時繃緊。但她隨即恢復原來表情，以明白的語氣宣告：

「好，這件事就由我來想辦法，給我一點時間。」

「——現在回想起來……」

楓子接著開口，頓了頓之後又說：

「當初留鴉同學在我家過夜的時候……」

黑雪公主、拓武、千百合異口同聲地複誦：

「「「過夜？」」」

「是在無限制空間裡的事啦。當我摸到鴉同學的背……」

「「「摸到？」」」

「是虛擬角色之間的接觸。真是的，這樣我怎麼講下去嘛……當時我也微微感覺到他背上有個點顯得很異樣……要是當時我有查清楚……」

「喂、喂，Raker，妳說查是要怎麼查啊？」

看到黑雪公主右臉頻頻抽動，楓子嘻嘻一笑：

「這當然要保密了。」

她們的互動讓氣氛總算緩和下來，春雪呼出一口長氣，抬起頭來以堅定的語氣宣告：

「各位，我當時的確輸給了誘惑，但總算靠著小百的能力，讓鎧甲再次消失……而且即使寄生狀態還在維持，但只要我不再召喚它就好了。當然我還是希望能盡快『淨化』掉啦。」

「……嗯，說得也是，我相信你。當然這次千百合的能力確實幫了大忙，但同時你也憑自己的意志拒絕了鎧甲，這是過去穿上鎧甲的每一個人都沒能做到的。」

黑雪公主說這話時面帶微笑，但臉上表情隨即轉為擔憂。

「學……學姊，妳怎麼了？」

「嗯……只是啊……或許這已經不只是我們之間的問題了。春雪，你召喚鎧甲跟Jigsaw打的時候，看台上不是有上百名觀眾都看到了嗎？」

「是……是啊……」

「這麼一來，哪怕只有一場戰鬥，黑暗星雲的Silver Crow成了第六代Chrome Disaster持有者的消息，多半已經傳遍了整個加速世界……也許今後會有人提出強硬的意見……」

「咦……學姊，妳說強硬是怎麼個強硬法？」

看到千百合歪著頭思索，拓武平靜地解釋說：

「也就是說……應該會有人提議『處決』小春。」

「咦咦！這……這太豈有此理了！小春根本什麼壞事都沒做！」

千百合憤慨地大喊，坐在她旁邊的楓子伸手輕輕安撫她。

「Bell，關於這點，在場的每個人都堅信不移。可是啊……加速世界裡有很多勢力都敵視黑暗星雲。」

「可是，就算是這樣，這也太過分了啦……」

看到千百合由衷悲傷地眉頭深鎖，春雪覺得一股熱流湧上心頭，但還是努力擠出笑容說：

「不會有事的啦，小百。反正除了日珥以外，諸王率領的軍團之前就多多少少跟我們有過摩擦，現在再多一個火種也沒有什麼差別啦。」

「嗯，說得沒錯。」

黑雪公主深深點頭，忽然站起身，帶得制服裙襬飄起，一路走到南邊的一扇大窗戶前。接著她轉過身來，以閃閃發光的眼睛依序看了看四名部下，毅然開口：

「——我想，這幾天多半就會召開已經兩年半沒開過的七王會議。第一個議題多半會是討論如何因應心念系統的祕密被Rust Jigsaw與『加速研究社』揭露的事，但這時肯定會有人——反正一定是黃之王那些人——提出春雪變成Disaster的話題。可是春雪，無論他們提出什麼樣的要求，我都會保護你，全面開戰正合我意。這個方針……各位是否都不反對？」

「贊成～！」

楓子、拓武與千百合立刻異口同聲地回答。

「……謝謝你們。」

春雪只能擠出顫抖的聲音道謝。

——我現在能待在這裡，真的太值得慶幸了。我絕對要保護這個地方……保護這群好伙伴。無論遇到什麼樣的敵人、遇到什麼樣的逆境，都要保護他們。

春雪正要下定決心，卻聽到千百合以覺得不可思議的語氣問：

「……先不說這個，黑雪學姊，妳為什麼星期天還穿著制服？」

春雪與黑雪公主被說中痛處，當場定格。

「這是因為啊……」

楓子露出一貫的Raker式微笑，先發出一記Raker式秋波，接著才說：

「……小幸她的衣櫃裡塞滿了一大堆制服。」

之後眾人到一樓的購物中心補充零食跟飲料，重新召開慶祝會。

眾人盡情鬧過、聊過，最後一起收拾完畢，時間已經過了下午六點。

門禁時間較早的千百合跟拓武先回家去，幾分鐘後，黑雪公主與楓子也一同走向玄關。

黑雪公主正準備彎腰穿鞋之際，楓子小聲喊了她一聲：

「……小幸。」

「嗯？」

她站直身體，搖晃一頭黑髮回應：

「什麼事啊，楓子？」

楓子從到玄關送她們離開的春雪身旁踏上一步，雙手在身前交握，彷彿在思考應該怎麼說才好。

過了一會兒，她難得地帶著幾分稚氣，以一種彷彿彼此都變回了小學生似的說話語氣，戰戰兢兢地開口：

「小幸……跟妳說喔，其實我本來打算隱瞞到下次『對戰』好嚇妳一跳……不過我還是覺得應該現在就告訴妳……」

說著深吸一口氣。

這位在加速世界裡當隱士實在當得太久的女性，以依依不捨的語氣，一字一句清清楚楚地說出宣告這段日子已經結束的話語：

「跟妳說喔，我的腳，已經回來了。」

黑雪公主驚訝地睜大漆黑的雙眸，微微張開的嘴唇流露出短促呼吸聲。

接著她將震驚的神色，換成了哭笑各半的表情：

「……這樣啊。」

她輕聲說出這句話，點了點頭，又開口說了一次：

「這樣啊……妳已經找回了那天失去的東西，對吧？」

「嗯。」

楓子點點頭，踏上兩步走到黑雪公主身前，伸手將佇立原地的她輕輕湧進懷裡。

跟兩個月前在新宿南方陽台緊緊相擁時不一樣，這次兩個人都沒有再出聲，就只是平靜地、默默地輕擁對方。春雪感覺到，她們兩人之間正在進行的交流，肯定遠比用傳輸線直連神經連結裝置更加深切，可說是靈魂的相互交融。他甚至覺得自己聽見了隔開兩人的玻璃牆破碎的聲音。

過了一會兒，黑雪公主緩緩抬起頭來，以濕潤的眼睛直視春雪，微笑著對他說：

「……你引發的奇蹟有多大……我實在無法用言語形容。謝謝你，春雪。」

楓子也回過頭來，閃著淚光的臉上綻放出笑容：

「鴉同學，你找出通往赫密斯之索的路，邀我參加比賽，更帶我到天空的彼岸……這份恩情我一輩子都不會忘記。」

兩人的話讓春雪縮起脖子頻頻搖頭：

「哪裡，妳們太客氣了。我……我剛開始只是突發奇想……能實現這一點，靠的都是軍團的大家，還有Ash兄跟Pard小姐他們……」

春雪說話的聲音含糊得連他自己都覺得實在很難聽懂。他心想這下氣氛可被自己搞砸了，於是猛力將背往牆上磨蹭，恨不得鑽到裡面去。

後記

我是川原礫。感謝各位讀者拿起本書《加速世界5　星影浮橋》。

首先我要坦白跟各位讀者說，我在第三集開頭提過，《加速世界》這套作品的世界裡，已經有著「軌道電梯」存在，對不起，當時我完全沒有查過技術方面的資料！當時我只是隱約想說「都到了二〇四七年，總不會連個軌道電梯都做不出來吧？」到了這集打算拿來當舞台用，拖到這時候才去查資料，結果一查之下……真的是驚愕得說不出話來……

其實「軌道電梯」的構想還沒超出概念實驗的領域，實在不像過個三十年左右就能實現的科技呢～詳細理由黑雪公主會在書中解釋，在這邊就先省略，不過查到資料時，我真的震驚得鐵青著臉，同時也忍不住對美國太空總署的人吐槽「竟然想拿小行星當鉛錘抵銷重力！」

所幸有別的研究者提倡更具現實性的構想，而本集當中登場的「賀密斯之索」就是以這種構想為藍圖。只是話說回來，聽說我拿來當藍圖的「極音速天鉤」其實也存在嚴重的問題……不過書上並沒有寫說到底是什麼問題，所以我決定裝作沒發現。

不管怎麼說，這次我學到的寶貴教訓，就是「不管想寫什麼都要先查資料！」下集裡，多半會出現年紀相當輕的新角色，所以我打算努力多查些資料，另外還得去請教我的良師益友A山老師。

這篇後記寫在四月十日，也就是第十七屆電擊大賞的截稿日。這也表示從我拿裝了《加速世界》第一集初稿的信封（嚴格說來是EXPACK郵包）去郵局窗口寄出，到現在已經過了整整兩年。

老實說，我投稿時根本沒有想過一丁點未來展望。而且說真的，當時我只想說如果能拿到個獎項，可以見好就收。真沒想到那次投稿會變成一個全新的起點，讓我又繼續寫了整整兩年的原稿……當然能有機會繼續寫，實在是Mega lucky～到了極點，但有時還是難免一陣茫然，不知道這條雷霆路的終點到底在哪裡。

在此我要感謝對像我這樣的問題迷路兒童仍然不厭其煩引領的責任編輯三木先生、照慣例因為我們這邊連發多種麻煩要求而給您添了麻煩的插畫家ＨＩＭＡ老師、答應負責新登場虛擬角色造型設計原案的漫畫家來栖達也老師，以及陪伴本書走到今天這一步的您，真的Giga謝謝你們！

二〇一〇年四月十日　川原 礫

，但可不是鬧著玩的。」
——天才程式設計師・茅場晶彥
Online刀劍神域
最新第5集，2011年磅礡登場——！

Kadokawa Light Novels

SUGAR DARK 被埋葬的黑闇與少女 待續

Kadokawa Fantastic Novels

作者：新井円侍　插畫：mebae

繼《涼宮春日》以來睽違六年，
第14屆「Sneaker大賞」大賞得獎力作!!

少年穆歐魯因冤罪而遭到逮捕，在共同靈園過著挖掘墓穴的生活。某夜，他邂逅了自稱守墓者的少女．梅麗亞，並深受她吸引。神秘孩童．卡拉斯告訴他——他所挖掘的墓穴，是用來埋葬不死怪物「黑闇」！此時，穆歐魯又目擊梅麗亞遭黑闇殺害的現場——!?

NT$180/HK$50

台湾角川

國家圖書館出版品預行編目資料

加速世界 5 星影浮橋 / 川原 礫作；
邱鍾仁譯.——初版.——臺北市：
臺灣國際角川, 2010.11 面； 公分.
——（Kadokawa Fantastic Novels）
譯自：アクセル・ワールド 5　星影の浮き橋
ISBN 978-986-237-917-2（平裝）

861.57 99019152

Kadokawa
Fantastic
Novels

加速世界 5
星影浮橋

（原著名：アクセル・ワールド 5 —星影の浮き橋—）

2010年12月1日 初版第1刷發行
2022年10月12日 初版第14刷發行

作者：川原 礫
插畫：HIMA
日版設計：BEE-PEE
譯者：邱鍾仁
發行人：岩崎剛人
總編輯：蔡佩芬
副總編輯：朱哲成
美術設計：吳佳昀
印務：李明修（主任）、張加恩（主任）、張凱棋
發行所：台灣角川股份有限公司
地址：104台北市中山區松江路223號3樓
電話：（02）2515-3000
傳真：（02）2515-0033
網址：www.kadokawa.com.tw
劃撥帳戶：台灣角川股份有限公司
劃撥帳號：19487412
法律顧問：有澤法律事務所
製版：尚騰印刷事業有限公司
ISBN：978-986-237-917-2